人間天國

——陳秀珍詩集

含笑詩叢

「含笑詩叢」總序

／李魁賢

含笑最美，起自內心的喜悅，形之於外，具有動人的感染力。蒙娜麗莎之美、之吸引人，在於含笑默默，蘊藉深情。

含笑最容易聯想到含笑花，幼時常住淡水鄉下，庭院有一欉含笑花，每天清晨花開，藏在葉間，不顯露，徐風吹來，幽香四播。祖母在打掃庭院時，會摘一兩朵，插在髮髻，整日香伴。

及長，偶讀禪宗著名公案，迦葉尊者拈花含笑，隱示彼此間心領神會，思意相通，啟人深思體會，何需言詮。

詩，不外如此這般！詩之美，在於矜持、含蓄，而不喜形於色。歡喜藏在內心，以靈氣散發，輻射透入讀者心裡，達成感性傳遞。

詩，也像含笑花，常隱藏在葉下，清晨播送香氣，引人探尋，芬芳何處。然而花含笑自在，不在乎誰在探尋，目的何在，真心假意，各隨自然，自適自如，無故意，無顧忌。

詩，亦深涵禪意，端在頓悟，不需說三道四，言在意中，意在象中，象在若隱若現的含笑之中。

含笑詩叢為台灣女詩人作品集匯，各具特色，而共通點在於其人其詩，含笑不喧，深情有意，款款動人。

【含笑詩叢】策畫與命名的含義區區在此，幸而能獲得女詩人呼應，特此含笑致意、致謝！同時感謝秀威識貨相挺，讓含笑花詩香四溢！

自序：童年[*1]

母親最後一次入院治療，引發我逆溯時間之河，追憶與母親攸關的事物，進而看見童年的孤獨、農村的生態、父親的奔波、姊妹的故事、洗腦的小學生活……。

逝水年華，在追憶中比當下現實更為真實，卻也比短夢更為虛幻。舊時往日，因為逝去、因為遙不可及、因為鄉愁，而產生迷霧中樂園的錯覺。

2016年11月，寫下此系列第一首詩〈抽象畫〉，抒發母親住院所帶來的焦慮。母親辭世，我繼續以筆為杖，跋涉於無明時光，不知不覺中筆尖逕往童年方向鑽探，將那被歲月掩藏或搗碎的記憶，化成一首一首詩。

天翻地覆急遽變動的時代，諸多事物隨我童年悄然流逝，記憶逐漸模糊，父母皆已無法開口為我釋疑家族歷史。緣於忙碌或個性使然，雙親與我從無促膝傾談習慣，因此父母歷史於我幾近空白，雖曾為暮年的母親留下口述歷史，奈何錄音帶雜聲交響，難以辨識母語音義。

母親與外祖父母在南投用輕便車運送香蕉的童年日常，是我從母親口中掏出來極為珍貴的故事。我想像童年的母親，以稚嫩嗓音沿路反覆歌唱日本童謠紅蜻蜓，唱著唱著就忽然遺失童年了。母親個性保守循規蹈矩，曾讀過「暗學」，在校成績優異才藝出眾，據說年輕時擁有超級明星臉。母親出生於虔誠的基督教家庭，我外公為了散播信仰的種子，在牧者與農夫之間，選擇將母親嫁給農夫。母親一生擁有三冊讀本：聖經、聖詩與家族相簿。她經常陶醉於聖詩吟唱，在我童幼時，偶爾也聽聞她唱日本童謠，兩種類型的音樂都深具撫慰療癒之效，雖然我不解日本童謠詞意。母親婚後，與父親共承生活重擔，往事經過層層篩濾，她留下的記憶只剩一味──苦。苦中之苦應該是面對孩子病痛的無助吧！我父十五歲，被他叔叔帶著穿梭鄉里，向人低頭借錢葬父，難怪他有一雙耕牛的哀愁之眼！這無限悲傷如連續劇的往事，也是從母親口中得知，父親從未述及。古意的父，沉默的父，只在讚美人的時候不吝大開金口，但不善言辭的他，連讚美的言說都使我備感尷尬。七十歲以前的父親既是農夫也是泥水工，也曾離家住到工寮伐木。記憶中他勞動不息，甚至除夕也會到田裡，可謂全年無休，但未曾聽他抱怨喊累。因為工作，他的大拇指斷了一截，未獲補償的職業傷害！三個姐姐都出養的父親，成長過程想必異常孤單與辛酸！我的姐妹不因年齡懸殊而生疏，善良體貼的她們，總在我的寒冬為我帶來陽光。小時候的同學與學弟妹，純樸且溫馨，全都深刻在我心中。

　　已消逝或即將消逝者，包括鏡台、舊時櫥櫃、縫紉機、簑衣、日曆、椅條、收音機、木屐、野臺戲、灶、籤仔店、炊煙、土角厝……。舊事舊物歷歷在目。

有一年，我從住家所在的村頭往村尾的三口井[*2]走去，沿途住居過童伴的平房、三合院，予我誤入小人國的錯覺，兒時難以攀上的石牆竟然變得如此低矮，鑲嵌在土牆的窗戶更是小到難以置信；走在過於安靜的村莊巷道，滄桑感油然生起，不知道多數村民遷徙何處，偶有村人迎面招呼，卻無法辨識其為哪家叔叔哪戶伯伯；有些土角厝被時間魔手推翻，頹廢不堪，衰敗景象讓我進鄉無限情怯！

以詩招魂童年，記憶復活：冬天母親怕我們踢被，總是用小毯包裹我們瘦弱的身軀，並繫上長長布帶只露頭部，最後再幫我們一起加蓋大棉被；幼時，村中家家戶戶都飼養家禽，我們時常在暗室，藉日光或燈光檢查蛋是否具有雛形，就像家禽的權威婦產科醫生；鄉下親友會互贈禽鶵，我曾與姊妹用竹籃提著雛鴨或雛鵝，走好長一段山路到姑姑家；母雞下蛋總是向全球呱呱宣告，充滿高分貝的驕傲，母雞孵蛋完成，不解其何以繼續孵空巢，現今思及，推想那是一種對孵雛的眷戀，母性的流露；缺少電話的年代，親友突然來訪，看家的小孩就出兩條腿，飛奔到近處甘蔗園，或不近又不遠的花生田，最後可能在最遠處的甘薯田，才通知到大人；從沙鹿來訪的大阿姨，回程帶著用花巾包裹的甘薯心滿意足，當時我十分納悶，如此粗俗的甘薯怎能當城裡人的禮物，後來才悟到，是城鄉差距所致，更是親情之美讓人生出感謝；物資缺乏的年代，村人收到訪客伴手禮，也會分享鄰舍，人情味比酒濃；月光照在鄉間小路銀白光亮，是我此生見過最夢幻的月色；兒時故鄉，抬頭就能看見滿天星光，夏夜戶外風涼比悶熱的室內舒適，因此我曾不知不覺就睡在甘藷藤上過夜；被母親抓去夾在大腿間灌藥，被母親剪髮與拔牙，也都是童幼時刻骨的記憶……。

由於三個姑姑都出養，也聽聞村姑為家庭犧牲奉獻的真實故事，許多母親都對女兒說：「女生要認命，別和男生爭！」父權思想為女人製造一代又一代悲劇，同為女性的我感同身受，因此對女權也有所著墨。

我在大肚山的童年，圍繞身邊不乏興旺的禽畜；紅土旱田主要作物甘薯、甘蔗、花生、蘿蔔；野地上蔓延馬櫻丹、菅芒、相思花、懸鉤子等，此一草木鳥獸構成的鄉野風情，已成被翻頁的歷史，唯記憶仍舊頑固停駐。身為農家女，幼時就跟隨大人下田上山幫忙農務，夏日烈陽下彎腰拔花生，拔到腰無法挺直，勉強直立時則眼冒金星；到雜草叢生罕見人跡的山谷牧九頭牛，風吹草動充滿魔幻。我因此能夠深刻體會，四體勤勞收入微薄的農人其汗水何其鹹苦。

反共抗俄時代，發生現今看來不可思議的種種荒謬，與影響至今難以挽救的政策後遺症，小學禁講台語是其中最慘痛與不堪回首的一件，形成那時代學童的集體記憶與噩夢。關於語言災難，有好幾首詩涉及。

寫詩過程，挖掘、重整了記憶的礦。童年不盡歡樂美好，卻因時間拉出詩意距離。懷舊，是人類通病，只是詩人症狀更加嚴重！我們總是一邊回顧，一邊保持腳步前行。

　　詩人林鷺姐讀到我這一系列的詩與童年照片，詩思敏捷的她立刻為我寫了一首好詩，非常感謝她的贈詩，讓我看見在詩人眼中童年的自己！

一雙眼睛──寫給一位出生在大肚山上的女詩人
／林鷺（2019.09.11）

一雙黑眼睛

長在一個小女孩的臉上

雖然沒有言語

怎麼看都流露出她骨子裡

柔軟又堅定的叛逆

大肚山上

牛車的木頭輪子

轉動過舊時代的故事

土牆老屋已為她

儲存好日後要寫的詩句

我曾經越上她記憶的山岡

如她般呼吸紅土地上

一片甘蔗園貧脊的空氣

見證

她腳後的幾塊頑石

根本攔不住

小女孩海闊天空的詩句

*¹ 大詩人里爾克說：「童年是人類真正的家園。」

*² 「瑞井」村名，源於此三口井。

目次

【輯一】彼岸花

翻轉

被點滴架
點滴綁架
妳無力翻轉身體、時間、命運
我的心情

在醫院臥床
滿一個月
啊
母親就要變成床單了！

豔陽天
無法晾曬母親
潮濕的心

2016.11.17

空殼

雜草出征妳心愛的菜園
日曆停在一個月前
冷風颸來鄰家麻油雞香
小籐椅為妳伸張愛的雙臂
擁抱到滿懷空氣
我和椅子並坐
在無盡空虛裡
在驟失靈魂的客廳
等妳回來
點燈

2016.11.17

病床

妳猝然倒下
震動
我們的天與地
病床是中點站
還是終點站？

小病床靠窗
依然昏暗
妳神祕如巫的眼神
看見微光或幽暗？

「等妳好起來，我會回家去看妳！」
咬著妳冰涼的耳朵
我大聲承諾
我的心虛必然
被妳一眼看透

2016.11.18

彼岸花

冬陽輻射春光
我卻寒顫
承諾再去醫院看妳
未蒙上帝背書

妳的叮嚀纏繞耳畔
我套上妳給的毛衣
雙袖若能長成翅膀
我要飛到
妳有地址有電話號碼
有凡人卑微慾望
時間的彼岸

光線悄悄移動
我的身影
時間一秒一秒死亡
死亡誕生思念的白花
我在空間的此岸

妳在
我無法橫渡的彼岸

母親
彼岸
也開滿白花嗎？

2016.12.04

《笠》345期2021年10月號

在不在

妳的腳步聲
不在了
妳的舊鞋還在

妳的身體
不在了
妳的胃藥還在

妳的身分證
不在了
妳的身分還在

妳的聲音
不在了
妳的叮嚀還在

妳在
或不在？

2016.12.10

《笠》345期2021年10月號

遠方

妳是否曾經偷偷夢想
長出叛逆的翅膀
逃離日常生活的羅網？
我夢想帶妳去到
妳做夢也未抵達的遠方

黑髮被冷月染霜
妳長硬了叛逆的翅膀
終於擺脫柴米油鹽羈絆
脫離白色病房的囚牢
逃開終極監獄的病體
獨自去到一個更遠更遠的遠方
我做夢也抵達不了

遙不可及的那遠方啊
應像月亮夢幻
像太陽溫暖
比家人更能倚靠

2016.12.10

送行

公車開動
車窗外
妳的身軀微駝
拖著一條黑影轉身
離開孤獨的站牌
緩行的背影模糊我的眼睛

此刻換我為妳送行
在妳生活數十年
愛與怨的紅土地上
妳將與久別的至親重聚
妳將與長聚的至親別離

因妳遠行
無有歸期
這片讓我愛與怨的土地
突然變得生份

2016.12.10

《笠》345期2021年10月號【詩翻譯選輯】

惡夜

妳的身影與禱詞
塞滿我的腦袋
耳朵被迫與鐘錶
澈夜讀秒

往年
風狂嘯猛敲門窗
高分貝魔音迴旋纏繞
妳與父打呼交響
成為我童年的搖籃曲
我成年後的安眠劑

催眠特效藥
有錢買不到
異鄉深宵我獨自倚窗尋找
被童年摘走的繁星
遙想

搖籃輕輕搖晃
許多夢想閃亮

2016.12.10

夾縫

在牧師與農夫之間
妳把妳的手交給妳的父親
妳的父親把妳的手交給農夫
讓信仰的種子播入一個家庭

妳成為媳婦
在婆婆至上時代
妳熬成婆婆
在尊重媳婦的年代
妳來不及準備好安度
變動的時代

妳徒有青鳥的翅膀
缺乏遼闊的天堂
妳終究只是一棵小草
困在貧壤
風摧雨折中忙著尋找平衡感

2016.12.10

主角

妳從不搶鏡頭
步下舞台才成為主角
今天我們送妳滿堂鮮花
彌補妳沒有玫瑰的人生

妳躺入一則童話
千萬個吻吻不醒
一個睡美人
酣睡在如木如石的岑寂裡
安息在無病無痛的恩典中

我輕輕拈起
一枚粉紅玫瑰花瓣
屏息安放在妳鼻翼
我努力傳遞
十座玫瑰花園的馨香

2016.12.11

化妝

斑點與黯沉

遮瑕與粉飾

燈光吐露溫柔恩慈

肌膚煥發如絲似綢

被層層思念覆蓋的女人

不像歷盡人間風霜

被死神吻過的臉

被人施了魔法

蒼白臉色轉紅潤

輝煌如大肚山夕陽

彷彿有活水汨汨

在體內溫暖流動

妳留給世界最終印象

幸福安詳

妳是

遠嫁天堂的新娘

善心化妝師

心細手巧的天使
十指彩妝遺族
灰暗無明的心

2016.12.12

蛋糕

妳像貓咪
小口小口舐食路邊攤蛋糕
深怕吃垮
妳用一生血汗建立
用苦心護守的物質世界

黑森林裡有層層的誘惑
奶油上有顆櫻桃藏著女孩的笑
蛋糕店櫥窗透亮
展示豪華炫耀品味
草莓、蜂蜜、巧克力……
高貴有如皇后的午茶
擄獲眼睛甜入心

想到妳
消化粗食的腸胃
不敢奢求蜂蜜的人生
層層蛋糕忽然變成重重鉛塊

壓在
心上

2016.12.12

團圓

冬季天空高掛夏陽
長孫為老牧師撐起大黑傘
最終禱告捨不得結束
遺族來不及告別的話語
多麼一致

妳生養眾多
妳化為一罈灰
一個冷酷板塊將妳一生
封釘　入穴
幼孫瞬間哀號要妳聽到
被妳抱過牽過打屁股過
眾子孫如鳥散居
在各自的天空下
今日終於大團圓
像一個完美句點
在妳的告別式

願妳
心滿意足

2016.12.12

修復

聖經

人生中明燈

幽暗中亮起一盞希望

引領妳雙腳脫困

在白紙黑字裡與神立下

恆久不變的約定

聖詩

讓被語言鞭刑

被噪音圍困的雙耳

接受祝福

妳白晝讚美

妳夜晚感謝

聖經聖詩硬質封面

因妳手指勤奮

從嶄新到裂損

妳的生命
一次一次修復

如今
修補修補無數次
聖經聖詩闔起
妳雙唇緊閉
我會永遠永遠記得
你們廝守一生
的幸福

2016.12.22

眼鏡、照片、聖經

眼鏡
幫助眼睛看見空間
照片
幫助眼睛看見時間
聖經
幫助眼睛看見光

從老厝到新屋
從近視到遠視
小燈泡戀舊的眼睛
溫暖伴讀

一本一本相簿
圖像呈現家族
編年史

一本聖詩
妳每日大聲吟唱

唱出臉上喜樂
頌出心中平安

一本聖經
羅馬拼音
妳用台語朗讀
語氣誠懇堅定
神的話語充滿妳心溢出客廳
村民看見上帝
定居在妳內心

2016.12.22

病痛

藥袋上一筆一畫
帶來無法解讀的壓力
妳須自力救濟牢記
每種藥物功效用量與用藥時間
妳不得不
腦袋清醒勝過醫生

胃痛、膽結石、飛蛇
後遺症、陰影……
成為妳人生
不可分割的一部分
妳不得不
頑強勝疾病

醫生閱讀妳的病歷
妳閱讀醫生的冷酷或悲憫
暗自診斷病情輕或重
聽診器聽見妳心律不整

無法聽見妳幽微的恐懼
把脈把出妳的脈象
無法聽見妳靈魂的嘆息
心的解剖刀在妳自己的手上
等妳勇敢
劃下第一刀

2016.12.26

失聲母語

每夜每夜妳困在電視機前
電視不愛講台語
連續劇有連續不起來的悲情
如妳真實版人生
兒女難以母語接續
孫子擠不出半句台語

妳讓電視盡情
哭與笑
填滿客廳空虛
妳讓連續劇大團圓的結局
彌補現實的缺殘
那麼多張多話的嘴
無一能和妳寒暄對話
妳和同輩一樣
掌握一支電視遙控器
轉來轉去轉來轉去

數十個頻道沒有一個

為妳設立

2016.12.27

《笠》349期2022年6月號

洞

妳送我的羊毛衣
被蟲蛀
妳送我的薄毯
被洗衣機絞刑

純羊毛才會被蟲咬
柔軟的心才會破損
特定時刻
我們才能發現別人
也擁有一顆易碎之心

我們期待圓滿的
這世界坑坑洞洞
我保留有破洞的衣被
補丁有破洞的世界

2016.12.29
《笠》349期2022年6月號

存在

迎接嬰兒第一聲啼哭
安撫阿媽最後一口呼吸
春燕飛來屋簷結巢
父親八十歲生日
子孫擠滿客廳

屋漏
翻修
屋漏翻修
腦海存留
修屋師傅繩墨牆壁的畫面
水泥及塗料好聞的味道

再度
屋外下雨屋內流淚
老屋最終如父

母親
我把存在的事事物物
拍成一張一張特寫
當成存在證明書
回想舊事舊物
我能證明的
如整片茅草屋頂上
一根茅草

2016.12.29
《笠》349期2022年6月號

我的嘴當吟詩⋯⋯

讚美之泉
從妳心中湧現
「我心大歡喜，我的嘴當吟詩⋯⋯」
妳的歌聲響自教堂
妳的歌聲響自廳房
妳的歌聲散入春風
妳的歌聲融入冬夜
妳的歌聲潛入我夢
妳的歌聲療癒心傷

妳的頌讚始終迴響
在我心的唱盤
聖詩是妳唯一的搖籃曲
搖出一團聖歌隊
在人間大教堂
獨唱合唱重唱輪唱
延續妳一生禮讚
歌聲不止日月不息

妳心
應當大歡喜

2016.12.30

日曆

日曆使時間與相思具有厚度
翻開日曆
細數歸期或離別日
一日是薄薄一張紙
有時是一道跨不過的牆

日曆掛在牆壁
妳撕下一夜一夜日曆
彷彿從時間之樹摘下
一片一片殘葉

一頁一頁
妳撕下人生最後一本日曆
時間之樹冬盡
黃葉隨風飄逝
匆
匆

我獨對一本
不屬於妳的新日曆
時間之樹並未
為妳枯瘦停滯年輪

2017.01.01
《笠》349期2022年6月號

窗口

妳的眼睛
框在窗口
視線穿梭被風戲弄的芒花叢
孩子歸來的身影忽隱忽現
妳的心隨著花浪起伏躁動

芒花搖過一冬又一冬
有窗眼被新牆矇蔽
有窗口被窗簾封死
有窗戶像不透明的霧
你雙眼逐漸迷糊
難以看穿村路動靜

行星圍繞恆星
我圍繞妳
小時候的我
也有一雙這樣的眼睛

焦灼捕捉
日暮未歸的妳

2017.01.01

來過

春天來過　留下落花
秋天來過　留下果實
落花來過　留下紅色印記
果實來過　留下神祕種子

我在路人臉上讀到妳眼神
在聖詩中聽見妳吟唱
妳的碗筷還安放在飯桌
妳行在高山妳行在低谷
妳在風中妳在雨中
妳在我的一呼一吸中
妳在我的血液裡
我帶妳走過昨日
妳領我走向天明
妳來過
妳來過
妳留下　會留下甚麼的我

2017.01.02

《笠》349期2022年6月號

尋

拼湊妳的足跡
一題一題一題考古
我問弟弟　弟弟問哥哥
哥哥問姊姊　姊姊問
鏽蝕的記憶

都用思念的橡皮擦
東擦西擦
要擦亮妳的故事
家族的歷史

腳步追蹤腳印
腳印疊著腳印
就算終將被潮水般的時間擦逝
我還是很嚴肅很認真
為妳踩出每一步

2017.01.03

逃犯

輕便車載送香蕉
妳與雙親在南投軌道
紅脣釋出日本紅蜻蜓*
陪妳飛過果園越過童年

夏天柏油路面轎車奔馳
揚不起
那童年的塵煙
秋天的妳忽然轉身追趕
運走雙親的輕便車

奔跑奔跑
在思念的長長軌道上
時間的逃犯啊
紅蜻蜓輕輕掠過，如
一抹夢影

*日本著名的童謠。

2017.01.03

讀相片

妳閱讀家族相簿
相片變成思念的人
一雙雙眼睛和妳相看不厭
在時空迷宮中
妳組構記憶的鎖鏈

妳蹲在草叢中
春光留戀妳
朝顏沾露的臉
妳站在草屋後
脊柱挺直前景無限
妳坐在新屋前
秋風吻你的髮時間紋妳的臉

妳已不在
子孫身邊
妳的相簿成為家族讀本
一張臉

隨時和我們溫習
昨日雲煙

2017.01.05

月光

看不完連續劇結局
妳被緊急送醫
經歷兩月開三刀的劫難

我在他鄉
關懷似溫柔的月光
灑遍我所掛念的故鄉
卻潛不進
妳幽暗的病室
妳無助的心房

心
幽暗幽暗幽暗
十顆太陽照不亮

2017.01.05

忍耐

雙腳水腫
妳自己當自己的密醫
用土法坐著把腳墊高
讓水倒流讓淚逆流

身在冰冷病床
心在家中溫暖臥室
妳不曾開口要求回家

面對病與痛
妳忍耐忍耐
再忍耐
像在跟誰拚命比賽
但世上根本沒有
比賽忍耐的獎狀

2017.01.05

痛

嘗試心態正向

把陰雲視作彩虹前世

南下醫院探視

壓抑傷悲的聲浪

自報名字給無法下床

無法分辨日夜的妳

妳說：「回家沒人給妳開門

妳沒所在好睡嗎？」

妳謎樣的眼神

看似穿透白化症的天花板

至茫茫渺渺遠方

從不喊痛的妳說：痛！

痛！

我問：哪裡痛？哪裡痛？哪裡痛？

沉默

是妳唯一的回答

母親啊
有人在妳看不見的病房，喊
痛！

2017.01.05

拖鞋

室內拖鞋塞爆兩大紙箱
棉被堆疊如山高
牙刷牙杯碗筷成雙成對
為子孫回家過年過節
妳終年完整儲備

過完年節
許多雙腳還給地板
許多不成雙拖鞋
妳彎腰一一撿起如拾珍貝
妳仔仔細細刷洗刷洗
拖鞋上時間的骨灰

小鳥散盡
妳如何拭去天空的寂寞？

2017.01.05

遙遠

跟隨妳
經過小廟
穿越密密相思林
分針巡視手錶一圈
小教堂才出現眼前
那時我想
上帝離我們家好遠好遠

跟隨妳
晨早聚會在教堂
風琴聲悠揚伴奏虔誠
至好朋友就是耶穌
那時我想
莫非這就是天堂

跟隨妳
下午場禮拜完
細細的腳爬瘦瘦的路上山

朝聖之路回程艱難
那時我以為
我們家是全世界屋脊

我漂流異鄉
妳吩咐我莫遠離上帝
我就近到教堂找上帝
卻不知道要到哪裡找妳

2017.01.07

燒酒雞

一鍋燒酒雞
賽過滿漢全席
超越米其林三星
雞酒香四溢
三代人除夕

我把熱氣騰騰雞酒
吞入畏寒的肚腹
像自帶暖爐

抄襲妳的手法
複製往年生活
燉煮一鍋雞酒香
麻醉家人味蕾
詐騙時光倒回
彷彿妳還在
和我們除夕

2017.01.08

採買

換上繡有學號與名字的小學制服
我雀躍如過年過節
跟妳趕一段田間路到鄰村籤仔店
買好車票乖乖等候公車駕到
老舊客運固定班次稀少
麻雀已航過多少個班次
公車不懂守時姍姍來遲
戴斗笠上車的乘客鄉土樸實
沿途相思樹
百手千指頻頻招車
群鳥炫技不斷超車
崎嶇山路抵抗車輪輾壓
人搖晃跳盪在車廂
乘客一路強抑嘔吐感

沙鹿像天堂
甚麼都有
除了鹿

有傳統大市場大醫院火車站

手錶與粉紅碎花小洋裝

我無緣的玩偶

對我眨眼的洋娃娃

還有不曾見面

出養到三角公園邊的姑姑

街上小販挑擔叫賣杏仁茶油條

美好宛如從畫卷走出

最慈愛的大姨媽開了一間美髮店

三姊住宿她家做學徒

我們在菜市場吃油香撲鼻的蚵嗲

買上學穿著的白襪黑皮鞋

在車站旁享受油亮肉圓

也曾反向往台中喝喜酒

順路到百貨公司

搭乘傳說中神奇的電扶梯

公車通行台中
妳改到建國市場
置辦生活所缺
補齊過年過節所需
我與妹妹幫妳
雙手提滿沉甸甸肉與魚
但已遺失少女上街的歡喜

我被時潮沖到異鄉
妳就近到大市場採買
在一次次孤單步行往返中
腳力漸衰
幼時我最愛跟妳到沙鹿
回程幫妳提一袋
長滿黑斑一路噴香的香蕉
或紅豆奶油車輪餅
沒有剎車器的時間車輪
轉瞬載走我的童年妳的壯年

昔日稀有的豐原客運
應已無班次
原來的山路是否還在
等待故人搭車搖晃經過？

我仍獨自
在異鄉市場穿梭尋找
採買不到
媽媽的味道

2017.01.10

菜園

煮飯洗衣劈柴的手
伸到荒田
建立美麗新秩序
妳在屋旁為家人創造
一片小型有機菜園

向菜蟲宣戰
妳屈蹲於晨霧
拇指食指構成鳥喙
啄除一隻隻暴食的肥蟲
維護菜葉完整版圖
整齊排隊的蔬菜
用體重報答妳
高麗菜重如石塊
大頭菜比賽大頭症
白花椰備感群菜競爭壓力
瘋狂開花勾引春蝶
菜園變成愛情樂園

粉蝶群聚鼓動春風
教導妳那即將蛻變的幼孫振翅
起飛！

2017.01.11

井邊洗衣（一）

雞啼前

趕至第三口井*

村婦村姑陸續前來群聚

割據石頭洗衣

把舊事新聞搓到發泡

把發霉的心事刷掉

把婆媳問題用巨浪沖掉

把噩運拚命擰乾

希望晾出

清爽的一天

愉悅的靈魂

泡泡山

泡泡海

泡泡在破滅之前

擁有虹彩

* 瑞井村名源於村中三口井。多年前,距村莊最近的第
一口井供村民挑水飲用;第二口井較少被利用;第三
口井井邊布滿石塊,最適於搓洗衣物。

2017.01.11

《笠》349期2022年6月號

井邊洗衣（二）

回程面對碎石陡坡

心情沈重

如提桶裝滿濕衣物

夾道怪竹相互折磨呻吟痛苦

不知何時小路會竄出蛇

心中上演希區考克*

恐怖泛起漣漪

一圈一圈不止

妳用默禱幫助自己安度一路驚怖

妳依靠上帝

我依靠妳

---

* 亞佛烈德・希區考克爵士，KBE（Sir Alfred Hitchcock，
  KBE，1899年8月13日－1980年4月29日）是一位英國
  電影導演及製片人，被稱為「驚悚電影大師」。

2017.01.11

《笠》349期2022年6月號

台語鄉愁

村莊中心籤仔店[*]
一台黑白電視機
向村人拋媚眼
晚餐後村民大手勾小手
摸黑前去朝聖
一齣連續劇準時上演苦情
女主角即將投海自盡
觀眾拉起衣袖偷偷擦拭
為自己人生悲涼滾落的淚珠

寂寞的客廳
終於擁有一台彩色電視機
卻被限制說台語的時數
妳坐在一個人的客廳
深深懷念小籤仔店
那台沒有語言障礙的黑白電視機

妳的母語鄉愁
難以向後代翻譯

[*] 即「柑仔店」。

2017.01.11

馬戲

妳卸掉粗布衫褲
換上高領無袖旗袍
神似連續劇女主角
妳拋下農事家事心事
與我迎向一個時辰的幸福

偏鄉小學操場
馬戲隆重登場
我期待有走索者
替我完成步步驚心的冒險
妳期待有空中飛人
為妳實現擺脫地表的拘束
妳被紅鼻小丑取悅
忽然生出貴為皇后的錯覺
笑顏舒展如玫瑰花瓣顫動
迷醉春風
妳永遠永遠不會知道

我多麼願意變成一頭猛獅

為妳　跳火圈

2017.01.12

追思會

黑袍匯聚

一大片沉重烏雲

為妳

下

　雨……

下

　雨……

在故鄉哀樂的土地

意識亂流

離合悲歡

百年

孤

寂

！

2017.01.15

守歲

一樣的歸途（昏暗的路燈）
一樣的客廳（空著幾張沙發椅）
一樣的廚房門窗（框住遠近燈火）
一樣的耳朵（但聽不見妳）
一樣的筆型手電筒（守在床頭
但等不到妳夜間求援的手）

我在妳床位旁坐下
翻開家族相簿
母親，除夕夜我們圍爐
在某一年
相片中

2017.01.29

新的一年

姊妹團聚
在妳掌廚多年的位置
做妳的招牌菜
用海量的聊天填滿時間的黑洞

砧板發出妳切菜的節奏
爐火慢燉一鍋一鍋濃稠的思念
想到妳嗜甜的舌尖
我們為每道料理撒下一些糖
飯前恍惚聽到妳喃喃謝神

第一個
沒有母親的過年
紅包不知如何給妳

2017.02.01

求醫

鄉里競相推薦名醫
風聲把妳吹往山上吹往海邊
吹到陌生地

一條長背巾綑綁
母子成一體
兩條腿跋山涉水
漫長求醫之路氾濫淚水
舉目罕見人車之地
最怕被命運之石絆倒
妳一次一次頂住新台幣壓力
幾度從死神魔掌奪回孩子
心中留下
一半陰影
一半驕傲

2017.02.05

粽子

竹筍蘿蔔乾

豬肉香菇開陽

剁得如妳心思一般細

豐盛餡料倒進大鼎

熱火翻炒

炒香妳人妻人母的心情

一鍋滾浪

沸騰一家人情緒

粽子熟成稜角分明

串串懸掛屋內屋簷

最懷念的風景

五月風吹不動的竹葉風鈴

群蠅聞香而至

任憑揮趕不退不散

恨不得每月每日都端午

南粽北粽素粽肉粽

不敵妳的中部粽

獨家口味馴服群舌

妳的願望獲得滿足
媽媽的味道一夕失傳
此後五月節
單單紀念妳

2017.02.05

康乃馨

那一朵
五月紅色康乃馨
凋萎

以往母親節
姊妹代替我回家
代替我問安
代替我祈福

第一個
戴白色康乃馨的母親節
我很想回家
能看見母親
的笑臉

懊悔刺傷女兒心
我想用血滴

染紅
白色康乃馨

2017.05.14

偷笑

歲月篩濾百味
最後剩一味
苦
未因妳一再傾吐
消除或遞減

記憶總是停滯
某年某日某時
面對訪問
妳熟練訴說同一事：
挺著孕腹挑蘿蔔下山
磅秤磅得妳重擔115斤

晚輩驚問：
「是否挑到掉淚？」
妳毫不遲疑說：
「唉，有得挑就要偷笑了！」

2018.01.21

對鏡

因為鼻挺、大眼、眼窩深
常被斷定
擁有荷蘭人血統
意外看到外祖母相片
啊
鼻挺、大眼、眼窩深
不須DNA檢測
我一眼認定
她百分百原住民
我向妳求證
妳一口否認
其實妳的五官
像台灣原住民照鏡子

原住民隱瞞天生血統
值得驕傲的身分
因被否定而自我否認
模糊後代認知

混淆族群歷史
外祖母是否無奈生錯時代
無法大聲宣告
真實的族名

2018.01.21

《笠》339期2020年10月號

衛生紙

餐桌留有衛生紙半張

浴室留有衛生紙半截

妳腦海留有

不費分毫

用黃槿樹葉擦拭的印象

妳日日夜夜省下的

半張衛生紙

用來擦拭

子孫的眼淚

2018.02.24

《笠》339期2020年10月號

身體

身體是監牢
困住靈魂的翅膀
身體是產房
孕育我的生
　　　妳的消亡
身體是加護病房
只容X光探視病況

妳的身體
不是妳的身體
時光不可逆
一朵母親花加速萎謝
我該如何
挽住那一縷飄渺花香

2019.04.27

編織藺草帽

村婦十指飛舞

編織為生活添加柴米的夢想

藺草交叉產生奇妙變化

藺草打結劃下如詩句點

藺草清香流動

於夾雜牛糞味的空氣中

花樣百出的草帽

未知將落在誰的頭上

母親手中的魔術帽

只能變出少少的銅板

與許多孩童的笑

多少高帽

從妳手中完美編造

沒有一頂屬於勤儉持家的妳

妳唯一戴過

標誌農人身分的斗笠

2020.10.01

紫

我深愛的
紫
竟含藏
生之喜死之懼
聽母親訴說我出生時
經歷長時陣痛
終於扳倒死神
我以腳先頭後的叛逆之姿
全身泛紫出場人世
宣告纏鬥結束
母親拍我屁股
逼出生之哭聲
且親自剪斷臍帶
從此我一生敬畏母親
浪漫紫原來滲入
熱熱的血紅
冷冷的鬱藍

2022.01.21

【輯二】相思樹

獅

我們一點都不
懼怕你
你是最溫柔的
獅子*
困在人間叢林
沒人聽過你怒吼
沒人看過你威風
你躡足走路如貓似霧
深怕驚動膽小淺眠的兔

獅子夢想變成聖誕老公公
但紅背袋每天只能裝滿寒風
幼獅出世未含金湯匙
但每日都領受禮物
只有你被愧疚蒙蔽的眼睛
看不見你背上無形紅背袋

鼓脹著
愛

* 父名「獅」。

2016.11.17

簑衣

父親披上簑衣
挺進暴風雨
像一隻笨重黑蝴蝶
無法痛快起飛

他踩著爛泥
一步一步走過工地
走進積水的旱田
走不到風和日麗

簑衣歷經風風雨雨
吊在牆壁
垂泣
蝴蝶疲困至極
來不及風乾羽翼
又得出門對抗漫天苦雨
簑衣納悶
每次出門都遇下雨

2016.12.30

你與鐵馬（腳踏車）

花巾包裹鋁盒
飯包綁在瘦腰
你奮力踩動一日之始
鐵馬臣服在你腳下
長工終生無薪無假

兩圈瘦輪灌飽空氣
滾過牛車路爬過山丘
日曬雨淋追錢
熟悉你討生活的地圖

新時代追求
疾風的快感飛馬的速度
老式鐵馬滾落歷史深處
你的鐵馬如果還存在
必定長滿時間的鏽
我的記憶正在為你
抵抗生鏽

2016.12.30

為父送雨具

暗夜暴雨
淋濕女兒心
天地無一絲光明
手電筒密藏螢火蟲
照亮親子故事

一條銀河腳下流竄
延伸閃閃爍爍波光
小魚奮力逆游
穿越雷聲與閃電

手電筒忠心如導盲犬
帶妳尋獲
全身下雨的父親
妳的心不再被寒雨打濕
父親是妳人生
最重要的雨衣

2016.12.30

女童與父

夢想嫁給偶像父親
小女生每日跳繩量身高
一公分一公分靠近夢想
唯獨妳拒絕長大
不忍慈父白髮

女孩隨著玫瑰樹抽高
美若彩蝶引人追逐
最終依父形象擇偶
父親攔不住她們
各自遠嫁海角天涯

年輪向前輾壓夢想
父親向歲月低頭彎腰
身體長高的妳
依舊是想法幼稚
的天使

2016.12.30

吃補

每次跌倒
拾起一把哀傷
我便想起
你
一日所吃之苦比三餐多
一生所吞之藥比甜點多

為了
為我受傷的你
我讓自己所吃的苦
所吞下的驚嚇
變成心靈的雞精
化為精神的維他命

每次跌倒
都是在練習
趕快爬起來
不讓你目擊

2017.01.03

半工

你用一貫謙虛口氣
求教於小學生的我

你用粗粗的手指
抱緊瘦瘦的鉛筆
你終於學會
用拿鋤頭的手寫字
在我用剩的小學作業簿
工整畫上「1工　半工」*
你可能苦練「半工」
才學會寫半工

我好歡喜
教會能種甘蔗會蓋樓房的你
寫字

* 一天、半天的意思。

2017.01.06

相思樹

一生住居大肚山
相思樹*永相伴
不像飛鳥來來去去
留下比羽毛輕飄的愛情
相思林說
你也是一棵相思樹
有情有義默默廝守母土

故鄉土地上
開花的相思樹
被不開花的公寓取代
滿樹金龜子喪失搖籃
變成游子

離鄉的我
心中始終為你保育一大片
砍不斷的
相思

相思偷偷偷偷開花
在靜寂的午夜

* 大肚山曾經滿山相思林。

2017.01.06

牛與鞭

你養九個孩子九頭牛
牛幫你耕田
孩子幫你看牛

駕牛車
你權力的鞭子
軟綿綿揮向虛空
捨不得揮向牛背
你背後也有一個隱形者
他的長鞭是否跟你一般
仁慈？

我希望每天都跟你
過牛步的生活
你儘管一步一步
慢慢
慢慢走
我會一直跟在你身後

2017.01.06

《笠》349期2022年6月號

蟬

蟬糾纏耳朵一整夏
話比麻雀多
像抱怨如申冤
蟬噪或耳鳴分不清

你在蟬的大鳴大放中
沈默
你在蟬的沈默中
沈默
世界在你的沉默中
喧囂
我寧可你像蟬
把心中所有酸楚
吐給
像樹的我

2017.01.08

人與牛

睜開憂愁之眼
迎向東方血色天空
閉上哀怨之眼
反芻心事重重
人與牛
擠
擠不出生命的乳汁

無角四輪鐵牛
長驅直入
鬥牛！鬥牛！

村中越來越多
沒有牛的牛車
沒有田的農人

最後一頭牛與
變成工人的農夫

相對落淚
永別！

* 人與牛相對落淚是真實的故事。

2017.01.08

《笠》349期2022年6月號

兔

燈光中
農夫一雙粗手
化為一隻狡兔*
追捕小兔

我逃出家屋躲進黑洞
洞外菜園占滿視線
等我嚼完整片紅蘿蔔
長成一隻粉紅兔
我的雙腿結實衝動

我轉身狂奔
回家挑戰大黑兔
我搜遍屋內屋外
當初箭步追逐我的壯兔
身在何處？
照亮黑兔的那一道光
隱匿何處？

史書沒有記載
傳奇缺漏此夜
農民曆只剩秋風淒涼翻閱

我轉動血紅眼珠
心慌意亂彈跳
彈跳
如果能夠跳離地球
或許能夠尋獲
我的黑兔

* 手影戲，變化萬千，雙手不只能變成兔。

2017.01.11

天空

世界的天空
家鄉那一片最耀眼
我把故鄉黃昏的天空
搬進一張空白圖畫紙
貼在斑剝的舊牆壁
好讓總是低頭種田的父親
看見我眼中燦爛的霞光

多少青春的燕子
剪走故鄉的春雲
多少閃電
試圖割裂我童年的天空

當父親的眼睛
再也看不見我的天空
我才頓悟
那片色彩流動交融的天空
原來也是送給流落異鄉

日漸習慣
黑白人生的自己

2020.07.11

你將斗笠摘下

你將斗笠摘下
你將鋤頭卸下
斗笠閒掛陰涼的土牆
思念毒辣的太陽
鋤頭斜倚蜘蛛網的牆角
追憶強悍的雜草
你在一次一次洗臉中
逐漸洗掉太陽的吻痕
如蛻掉一層一層皮
我驚訝於你
膚白似雪

工廠生產線上不需斗笠
加工區輸送帶旁不用鋤頭
從故鄉飄泊到異鄉
從異鄉飄泊到異鄉
我始終懷念你

從黑皮到雪膚
從黑髮到白頭

2017.03.06

太陽

公雞尚未叫醒太陽
父親就扛著鋤頭走進農田
直到埋掉夕陽才回家

太陽像我畏寒
畏懼滿天滿地風霜
冬天延遲上班提早下班

梅雨季
太陽逃到哪裡躲雨？
雜草紛紛跪地求饒
祈請太陽做主
父親依舊踩陷爛泥
走到田裡等待太陽奮起
我在紅泥地
用樹枝為父親畫圓圈與光芒
一顆又一顆大太陽

都被豪雨施暴

沖掉

2017.03.14

褪色

黑白照片裡
父親
已經比我年輕

看他的穿著
顯然是在寒冬某一天
看他衣服的材質
顯然沒有蠶絲的輕柔
沒有羽絨的溫暖

照片裡
風
把野草吹得東歪西倒
父親沈默以對

手持鋤頭的父親
腳底無鞋的父親
肩挑重擔的父親

用疾走
用不斷勞動出汗
抵抗嚴酷冰風冷霜

在褪色的歲月裏
父親
成為永不褪色的風景

2021.02.03

你試圖說服胃腸

你試圖說服胃腸

別想要吞下一頭神豬

你企圖誤導人

以為你已進食甚多

你托著粗陶碗盛入米食

咀嚼速度放到最龜速

如我捨不得舔完

一小支棒棒糖

有人為你夾菜

你瞬間把碗移開

如躲避毒物

你說:夠了！夠了！

被公認天下最古意的人

每天照三餐公然撒謊

古早人生
真實劇場
現在的人演不來

2021.02.06

遲到的牛排

用愛調味
遲到的牛排
永遠等不到
缺一身肉
長得像排骨
提前離席的父

2022.01.26

【輯三】妳你

養女

出母體
即向父權主義出示性別
父嘆氣母啜泣

長雲吞噬旭日
木瓜樹偎倚牆角
釋放小白花幽香
緊守屬於她的安居幸福

褪色花巾包裹幾件舊衣物
人間最沉重包袱
妳赤腳面對石頭滿布
淚珠滾落路面
成為一顆一顆絆腳石
一隻台灣黑土狗一路搖尾追隨
不願回頭

此後身分證上父母
陌生人名字*

* 20世紀初，還有很多家庭由於經濟困境出養女兒。

2016.12.30

婚姻自主

她求主恩賜戀愛自由婚姻自主

時常暗夜淚濕繡花枕

最終選擇步上不歸路

未蒙阿爸不捨未受阿母祝福

村頭娘家村尾婆家

忽成人間最遙遠的距離

閒話像路邊野花越開越多

姐姐偷偷轉送自己的嫁妝

她把時鐘掛在客廳

遮羞牆面與人生裂縫

婚姻不自主的姐姐

時時刻刻祝福分分秒秒提醒：

千萬要幸福！娘家已斷路！

2016.12.30

出養

女人天生比男人矮一截
生女兒的女人
比生男兒的女人矮一截

男人看輕女人
女人壓迫女人
男人走路有風
女人困在淒風苦雨中
奢望一片防風林
　　一座遮雨亭

養女被冠夫姓
複製生母歷史
出養三個女兒
留下獨子
繼續生養男兒
延續夫姓

2016.12.31

黑貓姐

天生體積小於狗
貓捉老鼠的忠心
不如狗追小偷被人看重
貓模仿狗叫嚇不跑小偷
貓苦思如何提高能見度

貓拱背貓伸懶腰
貓撒嬌貓下令黑狗
貓走路用女皇架式環視

妳一直低頭沉思
如何才能變成黑貓姐
眼睛老是看見他人
閃亮亮的高跟鞋
妳偶然舉起自卑的額頭
天空終於看到妳
琥珀眼睛迷死旭日

突然妳聽見
黑狗兄在背後對妳猛吹
變調的口哨
妳
頭也不低頭也不回

2017.01.09

家家酒

彩排人生
預演成人
妳扮新娘
野花綠藤蔓綑成捧花一束
黃槿葉芽黏在耳垂搖晃心情
雙童四手搭成一座小花轎
拜別父母妳雙眼缺淚
抹口水代替

妳歷經
女兒、媳婦、婆婆
淚水逐漸代替口水

2017.01.29

《笠》338期2020年8月號

哭泣的男人

媽媽訓斥小男孩：
你是男生，怎麼可以哭泣！
男孩長大分成兩大類
一類沒有眼淚

有眼淚的一類
有些躲在雨聲中痛哭
以防媽媽聽見流淚崩潰
有些藏在棉被下啜泣
以免兒子窺見
老父心中藏匿一個嬰孩

男人省下的眼淚
女人為他流瀉
醒不過來的女人夢見
沒有眼淚的男人
用熱淚融化她

但醫生說
那是乾眼症的症狀

2019.09.05
《笠》339期2020年10月號

哭泣的女人

媳婦被婆婆嫌惡
熬成婆婆以後
開始嫌惡媳婦眼淚不夠鹹

養女滾落淚珠
慶祝短暫幸福
在不被嫌棄時刻

熱淚醃漬
一生鹹苦
女人無法翻轉性別歧視
睫毛築起防波堤
淚水依然午夜潰堤

女人流淚
走過沒有戀愛自由
現代女性最常落淚

自由戀愛中
悲時哭喜時泣

2019.09.13

《笠》339期2020年10月號

追夢

學會走路以後
窮鄉孩子夢想遠走他鄉
男孩的美夢比女孩的昂貴

妳背起全家老小夢想
揮別父母到城中掙錢翻轉命運
妳終究改了名換了姓
淪落城市暗街販賣青春
花名在風塵流轉
紅顏最怕遇到鄉親來探春

你拿起吉他自彈自唱
希望城市為你搭起閃亮舞台
你和無數男孩創造有夢有歌新時代
男孩只要肯捧書
父祖願舉債成全心願

新樂園*煙圈飄逝
故事結束
包括女孩一心跟團
扮演歌仔戲小生小旦
夢殘

* 新樂園：香菸品牌。

2019.10.01

《笠》338期2020年8月號

遺產

老式腦袋
容不下新觀念
罔顧法律明文
規定遺產男女有分

法律是自己訂的
土地是兒子的
房產是兒子的
存款是兒子的
骨肉親情是兒子的
女兒是別人家的

女兒不敢違逆母意
乖乖交出放棄財產的印章
垂淚縫補滴血的心
覺悟的女兒
把天空大地當成神賜的遺產
把自己活成世界的財產

2020.12.15

歌星夢

不管有沒有聽眾

不在乎觀眾只有小貓一兩隻

你握拳當作麥克風

打開收音機伴唱

讓黑膠唱盤繞圈圈合唱

抓起吉他自彈自唱

窗外鴉雀毒舌惡評不斷

你想像拖著皮箱離開無望的故鄉

到步步生花的大都會走唱

唱出光耀門楣照亮家鄉的星光

村里終究沒有出過紅牌大歌星

卻意外誕生紅透全島的女演員

眾人仰慕灰姑娘

村人開始口耳相傳

生女比生男好

2020.12.15

妳你

妳身穿小學生百褶裙
心嚮往穿著長褲
妳幻想是歌仔戲武生
保護小旦的女同學
妳的動作與聲腔
不知不覺男性化

年輪一圈一圈擴散
妳並未變成你
女聲未轉成雄性低沉
家庭與社經地位
依舊在男性胯下掙扎
妳終生脫離不了苦旦悲情
妳困在
所有關愛眼神集於男身的時代

逃

不出來

2021.04.10

《笠》344期2021年8月號

【輯四】抽象畫

抽象畫

一幅似雪景一幅像繁花

分據客廳兩面牆壁

在我離家後

雪飛繼續花開持續

替代我陪伴雙親

邁向有雪有花的暮年

色彩⋯⋯稀釋

記憶⋯⋯遺失

鮮花即將化成白雪

白雪就要融成霧了

據說

恆溫恆濕才能維護彩度

兩幅畫

越來越抽象越來越相像

如今依舊高掛牆面

替代我陪伴
恐懼失憶的母親

雙親和我和抽象畫
一同框在故鄉的風景
是一幅
抵抗褪色的具象畫

2016.11.17
《文學台灣》106期2018.4夏季號

汗

小學生狂追公車
為母親雙手的溫度
或手中蛋糕？

慾望驅動雙腳
激發神奇力量彈跳
追著世界東奔西跑
有些汗鍛鍊了體魄
有些汗結晶成為生命中的鹽

人人搶獵山豬
唯我狂追蝴蝶不捨
妳是時代的代言人
替千萬張嘴宣告
我的汗水將會白流

若有人肯為我擦汗
我願為他流汗成河

但我全身汗水快被風吮乾
還沒有半隻手為我伸來
擦去疲勞

2016.12.29

遺言

烏雲、灰燼、黑袍、夜色……

妳逃進黑洞洞臥室
想用死一般的睡眠
戒斷黑色聯想
黑色滲透夢境編織羅網

妳抱著一顆黑色之心
逃出暗室
遇見星星星星星星
像他眼睛
一閃一閃訴說
光燦燦的　遺言

2017.01.03

牧童

牛背上不見白鷺鷥
只有有形與無形的重量
牧童手中沒有竹笛
只有一條命運的繩索
牧童小小年紀和老牛比賽脾氣
有時牽著牛走
有時被牛拉走

雜樹淹沒身高
野草割傷手腳
草叢偶然蹦出灰兔
閃電一閃而逝
石縫忽然竄出蛇
蜿蜒蜿蜒彎進妳驚懼的心深處
不見人影的咳嗽
快要把妳顫抖的心咳出

牛在相思林下啃草

牛被魔神拐跑

牛向奴隸的生活叛逃

翻到另一個山谷

以為能吃到自由的嫩草

不自由的妳時時數牛

如數皇室鑽石

2017.01.05

《笠》349期2022年6月號

小鎮教堂

浮雲片片聚散無常
小教堂高舉十字架
在小鎮無邊際的天空下

主日聖歌準時飛揚
瘦長牧師聲音溫柔似搖籃證道漫長
會眾聚自四面八方
我們來自大肚山上
距離上帝一個半小時

農工小商全年無公休
週日特地趕到小教堂
親近耶穌聆聽上帝啟示
孩童最愛聖誕
樹上繁星閃爍溫暖
鈴鐺聲中
收到上帝美好的禮物

老教堂*已被拆除
牧者與羊群的故事
深刻會眾心板
老教堂一磚一瓦永存
矗立在老教徒信仰的神聖地圖上

  * 大肚基督長老教會。

2017.01.07

小鎮牧師

小鎮牧師拄手杖戴草帽

背著真理上山

無人相思林鳥飛蟲鳴

迎面馬纓丹含羞草

草叢偶爾出沒灰野兔與蛇

或許藏有機伶石虎幾隻

常有小石自腳底滑落

牧師一身熱汗加冷汗

牧師從村人口中探聽出

山上唯一說阿們那戶

黑皮鞋跨過土角厝低低門檻

帶來滿屋榮光

如同妳小學導師家訪

母親恭奉泡得過濃的深褐茶湯

加一大匙白砂糖

冒一碗白煙嬝嬝

妳躲入小室

聽見牧師與教徒交談家庭現況
最後奉耶穌基督聖名
祈求全家平安

母女送行半公里路
聊表內心深處感激
牧師獨自
行過蟬噪經過墓地克服荊棘
迎向落日

2017.01.07

《笠》349期2022年6月號

舊的新衣

大人說
除夕掃地必須往屋內掃
像把財富掃進口袋
就算妳把掃帚掃斷
也掃不來一個瘦巴巴的紅包

那年除夕大清早
妳一邊掃除灰塵一邊掃除淚珠
妳只不過想和姊姊一模一樣
過年穿一件新外套紅似紅包
昂頭遊走村中
不想每次過年都繼承
姊姊的舊新衣

2017.01.08

故事

塑膠布圍攏歌仔戲後台
妳揭開一條細縫窺見
苦旦口噴長壽煙圈
迷惑妳雙眼

村人開啟雙唇
如兩片塑膠布被揭幕
一邊演義一邊告誡
如咒語對著小耳朵催眠：
有耳無嘴！有耳無嘴！

虎姑婆啃掉鄰家孫子手指
警察抓走不乖的孩子*
鄰居賣田搬到都市開啟新故事
長輩用誇飾法說了無數新鮮事
只有耳朵的小孩長大以後
用眼淚流出故事
無法張口述說悲歡離合

很久很久以前
滿地找嘴巴的小孩
還要避免被月亮割去耳朵

＊ 小孩不聽話時，常被大人恐嚇：「警察欲來了！」

2017.01.09

冰

我闖進小雜貨店

用捏在掌中

還沒被夏陽融化

汗濕的銅板

交換一鍋黑糖剉冰

回程和碎冰融化速度賽跑

面對冰涼誘惑

妹妹每次都忍不住

大口吞進冰山一角

直到暈頭才轉向

屋外和仙人掌搶著愛太陽

童年消逝

速度疾如冰釋

一碗冰山矗立心中

經歷多少個炎夏

不消融

2017.01.09

遊戲

玩猜拳遊戲
不認真也狂贏
你以為我有讀心術
下一輪你指定我同一組
責任感驅使我全神貫注
認真猜　猜猜猜──
剪刀老是剪到石頭
石頭老是被布包走
布老是被剪刀剪到心碎

跳高
我精算腳步掌握節奏
彈起
如脹氣的小皮球
落下
在如雷的掌聲中

我從兒戲體驗
運氣、實力與人生的三角關係

最怕遊戲規則

中途被人改變

2017.01.10

棉被

棉被孵出小孩
一暝大一吋的翅膀
遠飛他鄉

棉被一件一件一件
堆疊
山高的思念

一夕風轉涼
被套大朵大朵艷麗春花
褪成秋殘
棉被渴望擁抱
即將轉骨的孩子
日益壯大的身軀

孩子離家又返家
被套花色更換
孩子返家又離家

額頭褶出幾條棉被的皺紋

冬天的棉被依舊等待

獻出春天的體溫

2017.01.11

阿媽

惡言毒語絆倒妳
帶劍的話語刺傷妳
傷口滲出自卑的血
滴

阿媽眼睛看不清針眼
看得透人心
她打開小小一張命運圖騰
仔仔細細端詳妳
右手縱橫交錯的掌紋
鐵口直斷妳將來
一定好命
沒有零用錢的小手
也能掌握滿滿的幸福

阿媽幼年
必也獲得她阿媽鐵口保證
話語當種子

替孫女鋪陳一條
通往童話的花徑
孫女想用公主的幸福
報答阿媽的用心
把自卑的血跡化成
生命中的奇葩

2017.01.11

回頭

牛車跳盪於枯草叢上
挑戰一坨一坨障礙
我忽被重重摔落
整片斜坡穩穩接住
少年的我

抬眼我仰望
銀翼滑翔藍天
拖出一條剪不斷的長尾巴
終將被時針抹滅的白航線

鐵翼載我
飛過高山越過大洋
從島嶼到大陸
從亞熱帶到溫帶
從春花到冬雪

令我驚奇的天空
天空天空……

猛回頭
再也找不到父親與牛車
我重重摔落
驚慌中

2017.01.11

收音機

收音機裝滿不可思議
放送娛樂、賣藥與各種工商廣告
每當現實風暴來襲
妳就趕緊打開心愛的頻道
鎖進另一個宇宙的
美好

為連續悲劇啜泣
為鳳飛飛〈流水年華〉伴唱
為抗日義士廖添丁飛簷走壁屏息
為世界棒球三冠王半夜棄床吶喊

緊張！緊張！刺激！刺激！
勝敗關鍵一球正要投出
廖添丁面臨生死關頭
卻被母親一指切換劇情
妳掉回冷酷的現實
耳朵被迫暫離收音機

小腦袋忙著改編結局
悲劇變喜劇

藏在收音機裏
好多好多沒有面孔的男男女女
留給妳童年的耳朵
無數好聲音
拒絕被歲月無情磨滅

2017.01.11

密會楊麗花

王寶釧苦守寒窯十八年
我度日如年
花一天時間等待薛平貴
身騎白馬走三關前來相會

趁妳午睡正甜美
我與妹妹躡腳神速溜出家門
私奔過程過關艱辛
深怕薛平貴已過三關
急急竄進擠滿人頭的雜貨店
目不轉睛等候電視螢幕
小生俊帥出現

回程姊妹變成白馬
奔赴最難過的一關
預先編好幼稚台詞
瑟瑟發抖準備面對苦守寒舍的妳：

我們沒偷跑出去看電視！
我們沒偷跑出去看電視！

2017.01.11

攔截情書

女導師為女學生毅然出手
攔截寄到學校的信
永遠封緘
一封祕密一紙神祕

只識羅馬拼音
母親無法為女兒焚燒
漢語或英語
可疑的情書

單純的少女
不單純的人世
野狼吐出綿羊的呢喃
暗地伸出慾望的魔爪
長得最像小紅帽的少女
遭同村野狼辣手摧殘
甘蔗園變成共犯
掩蔽犯罪現場

綠色田野蒙上紅色恐慌
蝴蝶開始捆縛
蠢蠢欲動的翅膀

2017.01.18

撲滿與販賣機

把銅板一個一個塞入
竹筒永遠張開的小口
聽銅板在竹筒幽閉的胃
唱豐收歌跳豐年舞
感覺人生
多了一塊錢的幸福

把銅板一個一個塞入
竹筒永遠飢餓的小口
感覺正在餵養一節
即將繁衍成森林的竹筒

站在搶食銅板的
販賣機前
掌中握著從撲滿催吐的銅板
我夢想按下一個「夢想」品項
但夢想一直在

缺貨中
缺貨中

2017.01.29
《笠》338期2020年8月號

吃糖

南下
返回鳥雀爭鳴的大肚山
依舊
車過苗栗太陽變大

跨進
已無你聲影的家
感覺氧氣
全被你帶走了

又長一歲的我
早已不愛吃糖果
也很難滾落淚珠
今年過年
茶几上依舊擺放滿盤糖果
紀念那年
你用一顆糖止住我兩串淚水

溫習童年
我把一顆糖果塞入口中
卻融化成為兩行
思　念

2017.02.05

幻或真？

藍色山峰層層拔高
白色煙霧緩緩繚繞
如真似幻
矗立在我童年天空

考證家鄉
無此層峰
仙境時常將我拉回
童年時空
是真？是幻？
終生無解

原以為少小迷幻
長大發覺
依舊難辨真假

去虛存實
人生拼圖缺一半

2017.04.28

眼睛

溫柔的眼睛堅毅的眼睛
引路的眼睛
萬人中
我唯獨看見你的眼睛
如初生的太陽如溫柔的月亮
如夢幻的金星

藉你眼睛
我看見世界光明
藉你的視界
我看見聖神慈悲

突然你闔上雙眼
我的人生瞬間失明
我閉上眼睛
我看見你我求助於你
你教我張開自己的眼睛
尋找人生的光源

且將發光的眼睛
點燃另一雙眼睛

2018.02.24

家族照

他留下一張

停格於某年某月某日的肖像

給相看半生的客廳牆壁日夜懷想

我們用大合照紀念他

從此永遠缺席的人

送別的離愁遠比相聚的歡樂

更加鞏固我族情感

在父祖留下的家屋

面對不同時間的鏡頭

讓我們一起升起

憂傷的笑容

星星月亮太陽

無可取代

我的太陽喪失他的暖陽

我的月亮喪失他的明月

我的星星喪失他的啟明星

每個人心中

懷著無法彌補的缺憾
成為其他族人
完整人生拼圖的一角

2020.04.10

《笠》341期2021年2月號

測量

你貼緊土牆
直立如尺
測量身高用筆做記號
鉛筆線原子筆線
一線一線長高
你擔心
有一天牆壁不夠測量你的高度
後來長高另一面水泥牆
老牆傾倒
像不再長高
只能更衰老的人

你不再用牆量測身高
你測量
牆的高度
時間的流速

2020.10.13

《笠》345期2021年10月號

通鋪

過年
一家人擠滿家屋
祈禱　療傷　壯大夢想

無法過年的花
怕過年的人
一起凋零

逐夢的人奔向他鄉異國
通鋪變成棉被的眠床

今年過年妳依舊
拖拉沉重行李箱
從海角返回天涯
在空到可以打滾的通鋪
徹夜懷想三代人的體溫
夢想依舊
在寒夜閃閃發光

過完寂寞空虛的年
妳把夢想摺進
過小的行李箱
路
在妳腳下甦醒
在濃霧中延伸

2021.02.15

編織

風把落葉掃過
幾條冷得發抖的小巷
枯葉逃竄
一面磨擦路面
一面磨滅歲月
發出清脆聲響

妳把粉紅圍巾
圈在妹妹拉長的脖子上
帶來一道春光
成為冬天版的洋娃娃
完成妹妹偷偷許下的心願
你把鵝黃色毛線帽
加冕在媽媽抬高的頭上
閃耀一道光環
成為鄉間女皇
實現媽媽的渴望
自從妳學會編織夢想

冬季灰白轉多彩

比春天還溫暖甜美可愛

像隔著一張糖果玻璃紙

看到

精彩

2022.01.24

童年

只剩當下與童年*
中間一大片空白
是選擇性記憶
還是中間被偷竊被刪除？
每個人症狀如此一致
如此互相抄襲荒謬故事
你腳步有點遲緩
應該經歷無數歧路
也已爬過好漢坡與巔峰
或許談過幾次戀愛
把玫瑰還給情詩
或許掀起過幾場革命
把熱血流給詩史
或許犯了不少錯
與一些難以救贖的罪過
經歷無數次沮喪
你一再回頭
星座遙指那似遠又近

不被時間巨浪沖失的家園

像太陽一樣溫暖明亮

像月亮一樣溫柔夢幻

像井水一樣活水不斷

* 大詩人里爾克說：「童年是人類真正的家園。」

2022.01.26

卒業

在我國中畢業典禮
我流下許多傷心
疑惑的淚水
我往何處去？
我往何處去？

一紙白紙黑字
公告妳終極畢業典禮
我為妳流下許多傷心
疑惑的淚水
妳往何處去？
妳往何處去？

2022.02.24

【輯五】捲舌的童年

間諜

「保密防諜，人人有責」
「小心！匪諜就在你身邊」
標語寫在所有圍牆
標語刺在很多手臂
標語被導師一再複習
標語刻在學生心版

對岸傳單
飛過台灣海峽
飄到荒野被野兔讀到
飄到山路被老伯撿去糊破壁
飄到校園偉人雕像腳下
被小一文盲的你撿去摺飛機
反攻大陸解救水深火熱的同胞
小三學長向校長告密
你是匪諜私藏傳單為匪宣傳
原來

間諜就在校園
間諜真的就在你身邊

2019.09.06

《笠》339期2020年10月號

籤仔店（柑仔店）

陽光鑽不進

很難轉身的柑仔店

透明玻璃罐裝滿糖果

全村小孩眼睛飢渴

姐姐牽著妹妹

弟弟拖著哥哥

朝聖團口袋空空

時常不知不覺

被魔神引到柑仔店門口

用眼睛偷舔棒棒糖

十指被老闆鷹眼跟監

童心被不信任的敵意擊傷

孩童紛紛立志將來開一家

世上最大的柑仔店

販賣所有五花十色的糖果

讓老闆變成牛皮糖

天天來黏住玻璃罐

孩童長大
沒人當上柑仔店老闆
柑仔店老闆自尊心
被24小時便利商店擊傷
眾人開始懷念那間暗暗的柑仔店
以及那雙永遠打烊的鷹眼

小小的柑仔店
永遠開在村人心中
販賣花花綠綠的夢想

2019.09.14

《笠》339期2020年10月號

小孩有耳無嘴

有耳無嘴
塑像童年
長輩用雙唇開合雕塑：
「小孩有耳無嘴」
「小孩有耳無嘴」

耳朵被催眠
日益壯大
口舌尚未發育完成
就被成人口舌集體鎮壓

嘴巴被教會回答「好」與「是」
長期不懂得說「不」
更不擅長說寓言故事
有一天
疲累的耳朵鼓勵嘴巴
勇敢說出心裡話

長期無嘴
有人幾乎變成啞巴
默默吞下人家強餵的黃連
有人改用筆說話
為嘴巴申冤

2019.09.12
《笠》339期2020年10月號

竹枝

書本說：「天下無不是的父母」
所以媽媽應該是
用一種特別的方式愛她
在學校她努力把裙子往下扯
遮掩不住她小腿
紅紅的疼
辣辣的痛

媽媽在地表畫
一個小圓
她跪圓心
竹枝在腿上飛舞
竹枝痛
竹枝就要滲血

多年後
人生字典多了一個
解釋古老情緒的新名詞：

「躁鬱症」
從此她放下
心中的竹枝

2019.09.17
《笠》338期2020年8月號

讀書

妳背起書包上學

像一個有學識

高貴的讀書人

書包裝滿

媽媽借錢買來的課本

妳發明記憶術

牢記歷代君王名字鬥爭史

妳用考試100分

征服中國五千年歷史

秋海棠是不朽的葉子

妳依照比例

精準畫出中國數十省地圖

黃河流過長江流過

但妳渾然不知妳腳下

生命之河濁水溪淡水河

妳被削剪舌頭
捲舌說別人規定的國語
熟讀中國四書五經
不認識土生土長的思想

妳的書包裝滿沉重
他國國文歷史地理
妳讀越多別人詮釋的歷史
喪失越多台灣魂
妳畫越多中國地圖
越遠離自己的國土
妳讀越多四書五經
越遠離自己的文藝復興

2019.09.18

《笠》338期2020年8月號

算術

男老師為女同學彈琴伴唱
課外時間共鳴
多麼和諧優美

啊！
好一朵美麗的茉莉花*
芬芳美麗女同學宛如巨星
歌聲穿越妳晦暗心房
進入妳一千個白日夢

妳像條蟲
自卑經過蝴蝶身旁
小心不要發出絲毫聲響
怕驚動老師耳朵
怕那雙結冰的冷眼

妳沒錢補習算術
不是妳的錯

不是妳的錯
不是妳的錯

算術
被拿來算計利害關係
妳從來沒有好過

* 〈茉莉花〉歌詞。

2019.09.18

《笠》338期2020年8月號

賣票

農人賣豬賣雞

也賣人情

一家三代票投同一黨同一人

不識字者只須牢記

候選人號碼或大頭照的痣

不必在乎政見與清廉

鄰長阿發伯鬼鬼祟祟踏入門檻

從深口袋掏出新台幣

壓低嗓門神祕兮兮

妳從小以為

選票就是拿來換鈔票

很久以後才發覺

最後被出賣是自己

賤賣選票的人

興奮燃放鞭炮慶賀

黑心民代與官員當選

啊！

買票萬歲
萬萬歲

2019.10.01
《笠》338期2020年8月號

藥

悶酒喝不夠
男人才喝農藥嗎？
女人無酒澆愁、裝瘋與壯膽
喝農藥[*1]比男人多

缺少心理師諮商
沒有生命線[*2]搭救
找不到神父告解
心有千千結
算命仙一知半解
擲筊無解

客廳太狹隘臥房太昏黑
難免摩擦相互理解困難
餐桌欠缺紅酒咖啡鮮花
調解人際溫差
太陽僅能蒸散部分陰霾

寒冬
生命線越吵越短

文盲時代
缺乏一支筆
和自己對白

*1 各地狀況不同，我的村莊不常聽說。
*2「生命線」是一個國際性的電話心理輔導機構，藉著
　　全日24小時的電話守候，致力於自殺防治。

2019.10.01

志願

稚嫩女聲陳芬蘭
孤女的願望*¹唱醒大街小巷
孤女想去都市做女工
島上的人幾乎都知道
妳不想離鄉到遙遠的城市
後來卻不得不

有個同學想當車掌小姐
享受為人剪票的樂趣
有個同學想開麵包店
天天享用奶油蛋糕
有個同學想當老師
不打不罵學生
有個同學想開糖果店
讓生活像童話開出糖花
有個同學想開書局
以便跟著湯姆一起去歷險*²

妳和同學在小學
被作文題目逼問志願
妳咬著鉛筆頭苦思良久
最後和想都不想的同學一致寫下：
「反攻大陸，解救水深火熱同胞……」
陳同學林同學加寫一句：
「將來要當蔣總統！」

其實妳想要
化成窗外那朵白雲那隻麻雀
他們絕對不會想要變成妳
天天被同樣神話催眠

*1 歌詞中有：「阮想要來去都市／做著女工度日子」。
　　原曲：美空雲雀1958年〈花笠道中〉，作詞：葉俊
　　麟、作曲：米山正夫。
*2 馬克吐溫小說《湯姆歷險記》。

2019.10.09

《笠》338期2020年8月號

捲舌的童年

小學禁母語

鼓勵妳與同學互相檢舉

教室瀰漫互不信任的空氣

學校從不說明

為什麼不能說台語

反正妳就是不能說

不能說不能說

學校只是讓妳懷疑台語

是不是低俗

是不是病菌

是不是農藥

少數人使用的語言

強勢佔領妳的舌根到舌尖

小小舌頭變成大時代語言的殖民地

妳的母語在校園被迅速消聲毀跡

大多數人的母語

在島嶼變得很小聲

到高中不須被強制
妳已完完全全習慣捲舌
當妳開始懷念母親
妳已發不出她正確的聲韻

2019.10.11

《笠》338期2020年8月號

童年夢想

童年美夢

被長輩集體診斷

斷定為搞不清人生方向

剛長出夢想的翅膀

就被現實的剪刀一刀

兩斷

夢想

化成不死的種子

偷偷埋進心田黑壤

悄悄發芽

等待被時間養大

獻出奇花

2019.12.03

【輯六】大肚山炊煙裊裊

鏡台嫁妝

鏡台附有幾個小抽屜

形似純裝飾

收納粉餅胭脂萬金油綠油精

採集妳每日的指紋

從新嫁娘到阿媽

大清早鏡子糾正妳的髮線

提醒妳面對婆媳

嘴角須上揚微笑如菱角

從踩在椅上照看

到可以平視

從一張稚嫩的臉

到青春痘割據的臉

長到妳出嫁的年紀

我走出這片熟悉的鏡像

去到一個沒有鏡台的遠方

天天看到戴面具的臉

悄悄思念映在家中鏡子的
春英、秋月……

母親啊
我是不是也是一面鏡子
一面沉默
不敢糾正別人的鏡子？

2016.12.10

《文學台灣》108期2018.10冬季號

小孩祈禱

神啊
請讓我咳嗽發燒
好讓媽媽給我甜滋滋
水梨或鳳梨罐頭

神啊
請把我變做野貓
我要跳出學校高牆
腦袋不再被塞滿口號
不再向校門口偉大的雕像
脫帽彎腰

神啊
請把我變做小麻雀
我要飛出教室
我頭腦長出和老師不同的想法
不會被當成毒瘤剷掉

神啊
請讓我生病住院
我想吃甜蘋果*治療
紅蘋果都被送進
有怪味的陰暗病房

* 蘋果是貧困年代高貴的進口水果。

2016.12.29

櫥櫃

母親體面嫁妝
一扇門雕刻公雞母雞與牡丹
一扇門雕刻松鶴與滿月
櫥櫃從空虛到塞飽衣物
小學制服上面疊著工作服
尿布上面疊著花洋裝
像兩代人擠在小房間取暖

臥房最大件家具
矗立在我童眼前
陪我度過青春躁動
半世紀吐納無數
秋月春花無法珍藏
歷經春暖冬寒
紅褐光澤不曾減褪絲毫
深知他終將被時間毀棄
我預先用相機
瞬間典藏半個世紀

2016.12.30

縫紉機（一）

妳雙腳踩動踏板
把直線車歪掉
妳在平面布面幻想
車出木馬旋轉

妳雙腳踩動踏板
車針密密
蜜蜜吻合新娘禮服絲質布邊
留下完美
曲線或直線

妳雙腳踩動踏板
逢合自己
女性的唇媳婦的嘴
最難縫補
破碎的情滴血的心

妳雙腳踩不動踏板

雙手撫觸舊衣物新裂痕

卻隱隱聽見縫紉機被妳踩動

不斷的聲線

一條細線縫合妳人生

春　夏　秋　冬

2016.12.30

縫紉機（二）

舊時女性與縫紉機親密
如同縫紉機和布的關係
女人雙腳踩動踏板
車出冬衣的夏暖
縫出雲霞般絲衫

縫紉機在家家戶戶
家具名單中被一筆刪掉
舊縫紉機踏板被拆除
變成閒置客廳新裝飾
眼睜睜看著
華服來來去去花樣變來變去
最懷念
女性那雙手的溫度
女性那雙腳的拍子

車針碎步跑過我衣袖
單調卻歡快的聲音

如一支台灣古謠
失傳已久

2016.12.30

縫紉機（三）

把縫紉機的頭折進機體
變成克難小書桌
我用鉛筆練寫姓名
為父母記流水帳
用原子筆幫堂哥寫滿紙成語的情書
用蠟筆畫炊煙與流雲

圓桌方桌木桌石桌
任筆與紙順順利利
生出許許多多端莊的字
產婆是長大的右手

沒有一張桌子
足以取代縫紉機占據我心房
當我寫完最後一張大學考卷
想用鋼筆寫詩紀念她多年伴讀
她早已像一片落葉
被新時代的風強勢吹逝

2016.12.30

郵差送信來

聖誕老人化身綠衣天使
身騎野狼*1送信準時
妳期盼天使光臨
每日高喊收信人
妳的名字

信封封緘心跳
銀杏葉輕如蝶翼
自精心摺疊的香水信紙飄落
金黃之心*2被妳藏進
第一本粉紅日記上鎖
一個愛字顫動整顆地球

沒有臉書的年代
擁有一張真實臉孔的人
慎重書寫信中每一個字
耐心等待被人解讀真心誠意
因為萬分謹慎

心中藏有許多未寄出的信

還有更多未寄來的信

*1 中華郵政三陽野狼125EFi郵務機車。

*2 銀杏葉心形色金黃。

2016.12.30

飄泊

廣場縮水
花生與稻穀不再於此
獻祭水分給永遠乾渴的太陽
搶看歌仔戲的人海
從廣場永遠退潮

池塘被填土造屋
耕牛飲水成為幻影
公寓從田園冒出
如雜樹林四方蔓延
廉價竹林變種金鑽樓層
節節高升仰攻天空
遮蔽傳統地標水塔
最後水塔也被怪手剷平
從此你迷失方向
在陌生的故鄉

金權主義入侵
政商聯手改寫農村歷史
失去了田園
妳像無根的人
漂泊
在自己的家園

2016.12.30

失去天空

舊時大肚山天空

雄鷹盤旋護守

螢火蟲提燈來回巡邏

美軍演練跳傘

如黑菇群緩緩綻開傘面

全村抬起大大小小的眼睛

閱讀冷戰時期歷史

小孩心中沒有戰爭的幽靈

只有驚歎與歡呼

在魔幻的天空下

路思義教堂雙手合十[*1]

被灰色水泥叢林私藏

鐘聲不再敲醒人[*2]

昏睡的心

引路星座也迷失在灰濛濛天空

日出東山　被高牆遮蔽

日落大海　被大樓攔劫

*1 位於東海大學校園內，由四片壁面組成的教堂，外觀
　　就像雙手合十禱告。
*2 早年大肚山上聽得到路思義教堂鐘響。

2016.12.30

生活地圖

土角厝牆壁
張貼過期日本風景月曆
月曆旁邊掛斗笠
斗笠旁邊一本日曆
日曆上方貼獎狀
獎狀左下藥袋
藥袋下方塑膠袋

月曆女郎露齒笑
斗笠趴在牆壁避暑
日曆被撕去記錄工時練字
寫日記練情書填補單戀的日子
獎狀榮耀黯淡的生活寒酸的牆
寄藥包背面附說明
對症下藥藥到病除
塑膠袋住滿
戶口名簿印章和重要地址

一面灰牆
家庭生活縮圖
物件曾以為
在擁擠斑剝的牆壁
獲得永久住址

一隻時常熬夜巡視
獨白的壁虎
統治過這一面
複雜版圖

2017.01.02

便車（一）

土路　越走越長越走越暗
心　越走越慌
走到歪腰時
來車像救世主
妳揮手如搖旗
搭一程順風順心順路

不知何年何日
賊車紛紛駛上柏油路
有人因為誤上賊車
人生急轉彎偏離既定方向
手中剩一張過時車票
幸福列車不回頭

便車拋錨
在相互懷疑的眼光下
信任感是引擎

重新發動
美麗的風景

2017.01.06

便車（二）

烈風暴發震耳海嘯聲

甘蔗舉起千萬隻惡魔的手臂

狂舞夜空

妳們靠緊顫抖的身體

一心向前向前

後方來車被妳們雙手一攔

寒夜驚魂記劃下句點

騙徒比較少

信任感比較多的時代

妳們母親頒布少女十誡百誡千誡

都不包括戒搭便車

單向的時間規則

沒有一輛車可以違規逆行

把妳們載回

一揮手便能溫馨接送的

純真年代

2017.01.06

畫布

妳聚沙成山豎枝成林
馬櫻丹花穿插林間
螞蟻扛著獵物排成一長列
如駝隊行腳沙漠
送葬白晝

紅磚樹枝當畫筆
妳在大地畫出童年渴望
洋娃娃大眼珠還沒圈完
眨眼間落日迅速
為妳換上無邊黑畫布
誰偷偷在暗黑天幕
繪上萬顆金星閃爍？

2017.01.08

鐘擺

鐘擺擺來擺去
左擺右擺
只擺向明天
不擺回昨日

時間滴答滴答
午休耳朵難入眠
一直聽見秒針抵達抵達
一步一步偷走
短命的童年

滴答聲中
我忽然抵達
陌生又複雜的成年
三更半夜老是聽見時鐘在打更
時間從不浪費時間
農業時代一去不悔
朝陽喚不醒公雞

鐘擺擺來擺去
鐘擺擺來擺去
速度越來越快
心情越來越急

2017.01.09

椅條

椅條是堅固的
情感鏈條

在客廳迎賓
圍著餐桌恭候主人
在庭院扛著主人與客人話風涼
藍天下蓋著棉被和太陽熱戀

現代廳房
沒有椅條立足之地
個人主義單人椅
搶站私人空間與公共領域
不朽木椅條撤至我心房
坐著許多故人
坐出許多人情許多故事

2017.01.10

矮凳

木矮凳年輪已定
不再長高
有時被人踩在腳底墊高身段
有時被高腳椅陰影籠罩

矮凳不慕虛空
短短四肢穩定
代替兩腿支撐人體
成為一座沉默的靠山

大人彎腰
坐在木訥的矮凳上
用孩童高度重新看見
紅花裝飾綠草
雙腳親吻土地

2017.01.10

辦桌

左鄰右舍自動前來
搭帳棚搓湯圓做傳統手工雞捲……
農人雙手粗糙長繭
粗工細活無所不巧

火柴點燃喜宴火花
紅湯圓越搓越圓越煮越紅
羅漢腳*總鋪師為人辦桌
抱著替自己辦喜事的心情

小童負責出一張嘴一雙腿
從村頭奔跑到村尾
三催四請叔叔伯伯阿姨
到家裡喝喜酒說好話

鞭炮劈哩啪啦轟炸天空
圓桌一桌又一桌鋪墊紅紙
料多實在手路菜一道又一道

壓軸甜湯甜入心肝

喜宴剩菜殘羹分享左鄰右舍

阿媽燒成天下第一味

什錦菜綜合種種滋味

子孫一生回味

[*] 羅漢腳，即單身漢。

2017.01.12

歌仔戲

整年我苦等
小生苦旦為我
塗抹滿臉紅粉
連演幾天酬神大戲

終於
落葉帶來好消息
戲台上熱鬧鬧台
戲台下我抱胸禦寒
上下兩排牙打架不止

水袖拂動人心
我在苦旦身段唱腔中沉醉
三生姻緣的小生落難
使我焦躁不安

散場
我雙腳繼續凍結戲棚下

眷戀小生雙眼發電
如果天天過節
天天都有歌仔戲
我的人生會甜似
母親剛炊好的紅豆紅龜粿

村裡演過那麼多齣戲
母親啊
妳為什麼都沒陪我看
是太忙還是妳早知
人生如戲
而且
沒有中場休息

2017.01.12

屐

阿公腳穿木屐
敲在室內室外泥土地
發出緩慢人生節奏
進入繁華世代
木屐變奏曲在人間迷失

2017.01.17
合集《沉舟記》

車

外媽外公的輕便車
載香蕉運走農業時代
他們的黃昏
未與我的黎明
接軌

2017.01.17
合集《沉舟記》

灶

照顧過

全家人全家豬的胃

老灶體內

已經好久

好久沒有點燃乾柴

烈火的激情

2017.01.17

合集《沉舟記》

炊

土角厝廚房
日夜高舉煙管
對著天空
照三餐狂吐白煙
縱火者
無辜的母親

2017.01.17
合集《沉舟記》

縫

針在悲歡歲月

來回牽線

縫一朵野百合在布面

拼貼一個

沒有破綻的童年

2017.01.17

合集《沉舟記》

公背婆

妹妹背著洋娃娃
走到村莊中心小廣場
和村人圍觀熱鬧
看到公背婆進退扭擺
妹妹以為公與婆係真人在爭吵

一半公一半婆
一半真一半假
公婆也看到
一半真一半假
妹妹與娃娃

戲入高潮獻藝變調
原來獻藝是假賣藥是真
好戲散場
妹妹還呆立原地
認認真真等待
再一次公背婆

假病真吃藥
真病吃假藥
假藥不見得無效
妹妹長到賣藥人年紀
世界還在真真假假中
假假真真

妹妹流下
不知是真還是
假的眼淚

2017.01.20

防空壕

二戰
戰火燃起
父祖噩夢
人挖洞自保
簡陋避難所
藏起憂懼

三戰
兒童陸戰隊攻進防空壕
竹劍飛舞交響
遊戲戰不膩
笑聲震盪迴響
取代噤聲不敢言語

四戰
戰火燃起
商人美夢
用錢填滿大洞

黃金屋拔地而起
金錢遊戲與戰爭
永無終戰時

2017.01.20

陶器時代

豬油在陶罐
油香等待滲透白米飯

鹹菜醃漬在陶鍋
私房菜為阿媽三餐開胃

米粒餵飽米甕圓腹
簡單卻難得的幸福

太陽跌落水缸
一聲救命喊不出
童年倒影存留不住

大醬缸醃出大黃瓜
鹹中的甜

陶器時代女人
偷偷醃漬一缸往事

甜或鹹
獨自往肚裡吞
吞　吞

2017.01.21

塑膠時代

烈火窯燒
費工耗時
陶器出爐厚實穩重
千風吹不動

塑膠時代
崇尚輕薄速成
連愛情都輕飄飄
如塑膠袋轉眼被風拐跑

妳是陶瓶
擁有藝術家氣質
卻被插入一束塑膠花
引來塑膠蝴蝶
的愛情

2017.01.21

風箏是……

靠一根指頭
滑動人際關係板塊
被智慧手機綁架
我忽然很想念童年
連接天堂
用一根風箏線

風箏是妳延長的手
想要撫摸春山額頭
想要拉一下雲霞絲帶
想要偷吻月亮的臉

風箏是
妳心的翅膀
想要追隨鳥
移動
自己的天空

2017.01.29

夜間照明

阿媽手提煤油燈

跨出茅草新屋門檻

微光搖晃見證

牛舍豬舍雞舍

她乾乾皺皺的瘦臉

一院子蟲蛙合唱晚安

母親持著手電筒

牛舍不見牛

豬舍沒有豬

土角厝年歲已老

狗吠引發遠近群犬共鳴

我用手機發出螢光

照見裝滿家族史那排房舍

倒塌在時間的怪手中

我收藏廢墟

在心的家族遺產區

2017.01.30

牛

狂奔也追趕不上鐵牛
水牛在動物園一角閉目
反芻草原
歷史的鄉愁

2017.02.10

合集《沉舟記》

今昔劇情

小時候妳和村人都夢想
客廳擺放一台大同電視機
家人緊靠在沙發椅
嗑瓜子喝汽水吃孔雀餅乾
幸福共享一齣連續劇
等待大團圓結局

換過兩台電視機
看過幾齣青春悲喜劇
一家人團圓在客廳
面對面
各自捧著一支心愛的手機
眼睛專注閱讀各自群組
狂聊泡沫般新事

2019.12.03

炊煙升起

黃昏
村中所有母親手忙腳亂
起火燒煮晚飯
用一行一行炊煙催促
乖孩子野孩子統統回家

倦鳥橫過一行一行炊煙
回歸相思開花的家
孩子趕過一隊一隊歸鳥
回到有溫暖大竈
有小燈泡的家

動作遲緩的炊煙
天空的遼闊是她的家
啊，不
史書頁面才是
炊煙終極的家

2020.03.10

民歌時代

如果你是玫瑰
我願是蝴蝶
禪定在你春心
朝暮拈香朝拜

如果你是蝴蝶
我願是春風
偷偷吻你
用世上最溫柔的唇

如果你是落葉
我願是大地
隨時接納
不再隨風流浪的你

如果你是大地
我願是青空

為你披上金陽絲衫
撒下月光情網

如果你是天空
我願是向日葵
遙隔千萬里
我只仰望你

2020.04.16

電線桿

除了相思樹
路口那棵高高瘦瘦電線桿
最愛鄉土
像營養不良沒有分枝
光禿禿枯木

麻雀占據五線譜
電線上載歌載舞
一粒蒼白燈取代太陽
拚命吐出慈悲光芒
照亮泥路
數算返鄉的疲憊遊子

暴雨怎麼鞭打
寒風怎麼驅逐
都死守原地的電線桿
最終痛失領土
每當我經過他的遺址

白燈都在心中霍然亮起
甜蜜
又酸澀

2021.04.11

【輯七】甘蔗一生甜蜜

甘蔗

被父親一節接一節埋入田土
像時間的列車
駛過
春夏秋冬

甘蔗出芽節節高升
長得比我快比我急
那年颱風施暴掃過農作物
父親扶起被風雨擊倒
沾滿紅泥的甘蔗
像攙起摔傷流血的我

在艷陽輻射的紅土地上
吃苦的甘蔗一生甜蜜
成熟後製成白砂糖
助我長高長壯
長成種甘蔗的人
我種甘蔗的憨人先祖[*]

寄望後代人生
倒吃甘蔗越來越甜

* 日治時期台灣總督府實施糖業保護政策，劃分區域內
蔗農只能把甘蔗交給該區糖廠(會社)，收購價格由會
社決定，連秤重也是會社說了算。因此有了「第一
憨，種甘蔗互會社磅」的說法。

2017.01.10

蘿蔔（一）

白蘿蔔地下膨脹自我
來不及變老
就被真正地主農夫一一拔出
被迫進入競爭激烈的市場評比
白蘿蔔生平第一次見識到同類
如雜草之多

根植的領地
擴張的版圖
徒留一個空洞
紀念短暫的占有

拔蘿蔔的農夫
入土多年
農田早已變成別人的
豪華別墅
白蘿蔔只是
平民日常的素食

2017.01.11

蘿蔔（二）

獻身給土地的白蘿蔔
被農夫拔為己有
經人工沐浴磨砂美白
露出肌膚瑩白緊緻
羨煞多少雀斑臉的村姑

滴水的蘿蔔任人擺布
在木架日光浴
如康康舞團妙齡美女
綠葉迷你裙下
露出一排一排白皙女腿
等待中盤商開出良心價
古意的農夫心中自有一把秤
卻不擅為一斤一兩幾元幾角辯護
時常忍痛賤價出賣

2017.01.11

土豆（花生）

種子與種子
保持社交距離埋入淺土
避免根鬚交纏命運糾葛
影響生活品質生命長度

種子奮力破土
地上開花地下祕密生子
黃花偽裝小蝶安棲綠枝
毛蟲配備全身金刺護家衛國
對付花生的主人絕不留情

花生愛砂質
我家田土偏偏堅硬頑固
即使父親流汗比全村人多
花生仍然不服水土
粒粒皆辛苦

不論大顆或小粒
花生命中注定被人壓榨
卻不吭一聲
還油香撲鼻

　　　　　　　2017.01.11

龍眼

堅守三合院

不怕颱風霸凌

夏蟬緊貼樹幹

高歌夏天炎熱炎熱炎熱……

忽然一聲淒厲轉成哀歌

竹竿尾端黑稠稠瀝青*

黏住薄薄蟬翼

頑童擅自做主

強勢拆散情侶蟬與樹

過完夏日

龍眼樹懷念夏蟬鬧熱

我懷念龍眼果肉香甜

過完童年

龍眼樹趴在庭院

過完青年

沒有龍眼樹的華麗別墅

庭院深深

我進不入

* 竹竿尾塗著黑稠的瀝青，捕蟬慣用的手法。

2017.01.11

土芭樂

馬纓丹精心調配花色
取悅好色之人
土芭樂樹能開素白小花就好
竹子長直長高
木麻黃變胖變壯
土芭樂樹能站立能結果就好

芭樂被暗夜催熟
妳一大早變潑猴
攀上高枝與鳥雀搶鮮
熟芭樂滾過鹽粒
紅肉變得更鮮甜
調味妳偏苦的童年

土芭樂土生土長的土地
繁衍變種鋼筋水泥
銅臭驅走果香
土芭樂異香一生密封

在妳腦袋
難與人分享

* 芭樂滾過鹽粒變更甜。

2017.01.07

豬

貴為農家財神爺
豬比人更以食為天
農人種甘薯孝敬豬
在豬牙豪邁咀嚼聲中
在豬鼻高調打鼾聲中
全家人為豬實現
吃飽睡睡飽吃的幸福

牛
氣喘吁吁
拖著滿車豬食
羨慕懶豬

人
咀嚼豬吃剩的甘薯
不敢抱怨神豬

一隻瘦狗
守衛十隻肥豬
不敢喊苦

牛若知道
豬最終下場
論斤論兩獻祭鈔票
就不會再羨妒豬

2017.01.11

附錄

《人間天國》
"El Cielo en la Tierra".
"Paradiso sulla terra"
"Heaven on Earth"

Sei qui o no?（義大利語）
／在不在

Il suono dei tuoi passi

Non c'è più

Le tue vecchie scarpe sono ancora qui

Il tuo corpo

Non c'è più

La tua medicina per lo stomaco è ancora qui

La tua carta d'identità

Non c'è più

La tua identità è ancora qui

La tua voce non c'è più

I tuoi consigli premurosi sono ancora qui

Tu sei qui

O no ?

（*Translated by Elizabeth Guyon Spennato*）

https://www.facebook.com/RizzoEmanuelaDori/

videos/651710462635945

Tu es là ou non? （法語）
／在不在

Le bruit de tes pas

N'est plus là

Tes vieilles chaussures sont encore là

Ton corps

N'est plus là

Tes médicaments pour l'estomac sont encore là

Ta carte d'identité

N'est plus là

Ton identité est encore là

Ta voix n'est plus là

Tes conseils attentionnés sont encore là

Tu es là

Ou non?

（Translated by Elizabeth Guyon Spennato）

https://www.facebook.com/RizzoEmanuelaDori/

videos/651710462635945

送別（台語）
／送行

公車開始開走啊
車窗仔外
妳的身軀小可仔曲痀
妳拖著黑影轉身
離開孤獨的車牌仔
妳慢慢仔行走的背影
使我的目睭起茫霧

今矣換我送妳離開
在妳生活數十年
愛佮怨的紅土地頂懸
妳將欲佮久別的至親重逢
妳將欲佮長久生活作夥的至親相辭

因為妳遠行
無欲復再倒轉來
這片予我愛佮怨的土地
遂雄雄變得生份

Farewell（英語）
／送行

The bus drove away.
Outside the bus window
your body was humpbacked slightly
and turned around with dark shadow
leaving the lonely bus stop sign.
The sight of your back in slow motion blurred my eyes.

This time is my turn to bid you farewell.
On the mother land of love and hate
that you have lived for decades
you will reunite with your long separated relatives
while you will depart from those persistent gathering ones.

Because you are going far far away
without return
this land gave me love and hate
suddenly becomes strange enough.

（Translated by Lee Kuei-shien）

《笠》345期2021年10月號【詩翻譯選輯】

Addio（義大利語）
／送行

L'autobus parte.

fuori dal finestrino dell'autobus

il tuo corpo era curvo

e si voltò con un'ombra scura

lasciando il segno

della fermata dell'autobus solitaria.

La vista della tua schiena al rallentatore mi offuscò gli

occhi.

Questa volta è il mio turno di dirti addio.

Sulla madre terra dell'amore dell'odio.

che hai vissuto per decenni

ti ricongiungerai con i tuoi parenti separati da tempo

mentre ti allontanerai da quelli che si ostinano a trattenerti.

Perchè stai andando molto lontano

senza ritorno

questa terra mi ha dato amore e odio improvvisamente

diventa

tutto così strano

（*Traduzione italiana di Emanuela Rizzo*）

Poesia di Chen Hsiu-chen   2016.12.10

https://www.facebook.com/RizzoEmanuelaDori/videos/

173513577725439

（Emanuela Rizzo朗讀）

বিদায় (孟加拉語)
／送行

বাস চলে গেল।
বাসের জানালার বাইরে
তোমার কুঁজো-পিঠ শরীর ধীরে ধীরে
মিলিয়ে গেল
অন্ধকার ছায়ার মধ্যে,
নির্জন বাসস্টপের চিহ্ন ছেড়ে।
ধীর গতিতে তোমার পিঠ আমার চোখে
ঝাপসা হয়ে গেল।

এবার বিদায় জানানোর পালা আমার।
ভালোবাসা ও ঘৃণার জন্মভূমিতে
যে তুমি কয়েক দশক করেছো বসবাস
সেই তুমি পুনরায় তোমার
দীর্ঘ বিচ্ছিন্ন আত্মীয়দের সঙ্গে মিলিত হবে
এই অবিরাম জমায়েত ছেড়ে।

যেহেতু তুমি চলে যাচ্ছ অনেক অনেক দূরে
ফিরবে না আর,

আমাকে ভালবাসা এবং ঘৃণা দিয়েছে যে দেশ
খুবই অপরিচিত হয়ে উঠল সে হঠাৎ।

（*Bengali Translation by Ishita Bhaduri*）

The Holes（英語）
／洞

The woolen sweater you presented to me
was suffered by moth,
the thin blanket you presented to me
was twisted to damage by washing machine.

Only pure wool be suffered by moth
and only the soft heart be broken,
at specific moment only
we can discover others
also have their fragile hearts.

This world that we expect everything smooth
has various recesses and holes everywhere.
I keep the clothes and quilt with holes
a world with holes on the patches.

*（Translated by Lee Kuei–shien）*2016.12.29

Dale a mi padre ropa de lluvia（西班牙語）
／為父送雨具

tormenta en la noche oscura
moja el corazón de mi ser.

No hay luz en el mundo
pero desde la ciega noche
linterna de luciérnagas
alumbra mi historia filial.

Al pie del río fluyen las aguas plateadas
y yo trato de nadar como un pez
pero lo hago hacia atràs esta vez.

Truenos y relámpagos son linternas,
perro guìa fiel,
que me lleva hacia mi padre
y en mi corazòn cesa de llover.

Mi padre me da el calor, la vida

y es el impemeable de mi ser.

31 de enero de 2021

Por Chen Hsiu-chen

（Traducido del inglès por Jorge Aliaga Cacho.）

* 2021.01.31祕魯詩人Jorge Aliaga Cacho由英文西譯〈為
  父送雨具〉，發表在其部落格。
  https://jorgealiagacacho.blogspot.com/2021/01/el-cielo-
  en-la-tierra.html

Been Here (英語)
／來過

After spring has been here, fallen flowers are left behind.

After autumn has been here, fruits are left behind.

After falling flowers have been here, red marks are left behind.

After fruits have been here, mysterious seeds are left behind.

I looked out your gaze from the faces of passersby

and listened to your chanting of the hymns.

Your dishes and chopsticks are still placed on the dining table.

Now, you travel through high mountains and low valleys,

passing over winds and rains.

You are in my breath

and in my blood.

I guided you walking through yesterday

while you lead me going towards tomorrow dawn.

You have been here,

you have been here,

what kind of me will be left behind you, behind you.

(Translated by Lee Kuei–shien)

Been Here（英語）
／來過

has come

Spring has been here

Autumn has been here,

leaves the fruit

Falling flowers have come,

leaving a red mark

The fruit has come,

leaving behind the mysterious seed

I read your eyes on the faces of passersby Listen to you sing

in hymns

Your dishes and chopsticks are still

on the dining table

You walk in the high mountains,

you walk in the low valleys

You are in the wind

you are in the rain

You are in my breath

You in my blood

I took you through yesterday

You lead me to dawn

Have you been

Have you been

What will you leave behind me

（Translated by Emanuela Rizzo / Emi Rizzo）2017.01.02

E' arrivata（義大利語）
／來過

E' arrivata

la primavera è arrivata,

l'autunno è arrivato,

lasciando i frutti.

I fiori che cadono sono arrivati,

lasciando un segno rosso,

Il frutto è arrivato,

lasciando semi misteriosi.

Ho intravisto i tuoi occhi

nei volti dei passanti,

Ti ho udito cantare

in inni.

I tuoi piatti e le tue bacchette

sono ancora sul tavolo da pranzo.

Cammini in alta montagna,

cammini nelle basse valli,

sei nel vento,

sei sotto la pioggia,

sei nel mio respiro,

sei nel mio sangue.

Ti ho portato via ieri,

mi conduci all'alba.

Sei stata

Sei stata

cosa mi lascerai.

(Translated by Emanuela Rizzo / Emi Rizzo)

چێن هسیو چێن (庫爾德語)
／來過

«بەهەشتی سەر زەوی»

چێن هسیو چێن

......

بەهار هات و چرپکە گوڵی هێنا،

پاییز هات و میوەی جێهێشت،

گوڵەکان دەر کەوتن و نیشانەیەکی سووریان جێ هێشت،

میوەکان پێگەیشتن و بە نهێنی تۆویان جێهێشت.

نێوچاوانتم خوێندەوە، چ نیگایەکی جێ هێشتووە لە رووخساری پەراویکدا،

گوێم لە شیعرە پیرۆزەکانیشت گرتووە.

قاپەکانیشت هێشتا لەسەر مێزە!

من دەرۆم و خۆم دەدەمە بەر خۆرەکە،

کەچی تۆ لە بادایت، تۆ لەژێر باراندایت،

تۆ لە هەناسەمدایت،

تۆ لە خوێنمدایت

دوێنێ ناوی تۆم برد کە

تۆ بەرەو بەهەشتم دەبەیت،

تۆ لێرە بوویت،

،تۆ لێره بوويت

.تۆ شتێکم بۆ بەجێ دەهێڵیت

(*Translated by Peshawa Kakayi*)

歌仔戲（台語）
／歌仔戲

皆年通天我統在等
小生苦旦梳妝打扮
連搬幾若工謝神

等到
樹葉仔落落來
親像在落雨
戲台頂鬧熱滾滾鬧台
戲台跤我擋未牢遂交懍恂

水袖戲弄人心
我由苦旦演唱的戲路
頭一回感受到相思的酸甘甜滋味
三生姻緣的小生落難
予我心肝不安

散場的時瞬
我雙跤繼續釘在

戲棚跤

思念小生抵才在駛目尾

假使逐工過節逐工統搬歌仔戲

我無定著會佮小生甜到

親像阿母抵才炊好的紅豆紅龜粿

庄裡搬過遐爾濟戲

阿母呀

安怎妳若統無陪我看

是太無閒抑是妳早就知也

人生本來就是一齣戲

而且

中間無歇睏

（李魁賢老師翻譯）

作者簡介／詩人經歷

　　陳秀珍，淡江大學中國文學系畢業。1998年開始以筆名林弦在《中外文學》、《文學台灣》、《淡水牛津文藝》和《台灣新文學》等刊物發表詩作，現為《笠》詩社同仁。出版散文集《非日記》（2009年）、詩集《林中弦音》（2010年）、《面具》（2016年）、《不確定的風景》（2017年）、《保證》（2017年，漢英西三語）、《淡水詩情》、《骨折》（2018年，台華雙語）、《親愛的聶魯達My Beloved Neruda》（2020年，漢英雙語）、《病毒無公休》（2021年）、《遇到巴列霍》（2022年）等。

　　詩入選英西漢三語《兩半球詩路》（Poetry Road Between Two
Hemispheres, 2015）、西班牙語《以詩為證》（Opus Testimoni,
2017）、義大利語《對話》（Dialoghi, 2017）與《翻譯筆記本》
（Quaderni di traduzione, 2018）、西英漢三語《台灣心聲》
（2017）、漢英土三語版《台灣心聲》（2018）、《soflay的
耳語》（2018年度詩歌詩集第2卷）、《2018年阿馬拉瓦蒂詩
棱鏡》（"Amravati Poetic Prism 2018"）、《2019年阿馬拉瓦蒂
詩棱鏡》（"Amravati Poetic Prism 2019"）、《21世紀兩岸詩歌
鑑藏(戊戌卷)》（2019）、《我們將再次幸福》（BRAVE
WORLD MAGAZINE We can live in a happy world again VOL1
109 NATIONS FOR UNITY AND PEACE, 2020.06. 27 Sourav
Sarkar編輯。）、《世界和平之聲》（"VOICES OF THE WORLD
FOR PEACE" 2020印度）、《和平的世界》（"ANTOLOGÍA
INTERNACIONAL Digital" 2020阿根廷作家Marcela Corvalan
編輯。2020.07.08）、《Anthology: 2020年世界詩歌之聲》
（"Poetic Voices of the World in 2020"墨西哥詩人Marlene Pasini編
選。）、《2020年黎巴嫩納吉‧納曼國際文學年鑑》（Lebanon
Naji Naam an Literary Prizes 2020.）、《在瘟疫期間沉思－武
漢肺疫世界詩選》（"Musings During a Time of Pandemic-A
World Anthology of Poems on COVID-19" 2020.12.25）、英孟雙語
《作家的世界－世界作家的》（"Writer's World - World Writer's"
2021.03.10〈人與神〉台英雙語）、《渴望和平》（"UN GRITO
POR LA PAZ" 2021.04墨西哥）、英塞雙語《塞爾維亞／2021世

界詩人合集》（"ANTHOLOGY 2021 / SERBIA" 2021.04. 04）、《世界詩花籃》（"قطوف شعرية من حدائق الشعراء في العالم" 巴勒斯坦 2021.06）、科索沃"Azem Shkreli"詩選集（2021.08.03）、"ATUNIS GALAXY POETRY 2022"（2021.08.29荷蘭阿姆斯特丹出版。）《我無法呼吸》（"I can't breathe" 2021.）等數十種國際詩選集。詩另被譯成英文、西班牙文、義大利文、土耳其文、孟加拉文、阿爾巴尼亞文、馬其頓文、土耳其文、越南文、羅馬尼亞文、印地文、尼泊爾文、信德文、日文、希伯來文、波蘭文、加泰羅尼亞文、塞爾維亞語、阿拉伯語、葡萄牙語、庫爾德語、法語等二十多種語言。

　　參加2015年台南福爾摩莎國際詩歌節，2016年孟加拉卡塔克（Kathak）詩高峰會、第20屆馬其頓奈姆日（Ditët e Naimit）國際詩歌節、2016~2019年淡水福爾摩莎國際詩歌節，2017年祕魯第18屆【柳葉黑野櫻、巴列霍及其土地】（Capulí Vallejo y su Tierra）國際詩歌節、西班牙馬德里新書發表會，2018年突尼西亞第5屆西迪‧布塞（Sidi Bou Saïd）國際詩歌節、2018年第14屆智利【詩人軌跡】（Tras las Huellas del Poeta）國際詩歌節、2019年第3屆越南國際詩歌節、2019年羅馬尼亞第6屆雅西市（Iasi）國際詩歌節、2019年墨西哥第1屆鳳凰巢國際詩歌節。獲得2018年祕魯【柳葉黑野櫻、巴列霍及其土地】（Capulí Vallejo y su Tierra）清晨之星獎。2020年黎巴嫩納吉‧納曼文學獎（Lebanon Naji Naaman Literary Prizes 2020.）。

含笑詩叢21　PG2789

 人間天國
　　——陳秀珍詩集

作　　者	陳秀珍
責任編輯	楊岱晴
圖文排版	黃莉珊
封面設計	王嵩賀

出版策劃	釀出版
製作發行	秀威資訊科技股份有限公司
	114 台北市內湖區瑞光路76巷65號1樓
	電話：+886-2-2796-3638　傳真：+886-2-2796-1377
	服務信箱：service@showwe.com.tw
	http://www.showwe.com.tw
郵政劃撥	19563868　戶名：秀威資訊科技股份有限公司
展售門市	國家書店【松江門市】
	104 台北市中山區松江路209號1樓
	電話：+886-2-2518-0207　傳真：+886-2-2518-0778
網路訂購	秀威網路書店：https://store.showwe.tw
	國家網路書店：https://www.govbooks.com.tw
法律顧問	毛國樑　律師
總 經 銷	聯合發行股份有限公司
	231新北市新店區寶橋路235巷6弄6號4F
	電話：+886-2-2917-8022　傳真：+886-2-2915-6275

出版日期	2022年8月　BOD一版
定　　價	380元

讀者回函卡

國家圖書館出版品預行編目

人間天國：陳秀珍詩集/陳秀珍著. -- 一版. --
臺北市：釀出版, 2022.08
　面；　公分
　BOD版
　ISBN 978-986-445-706-9(平裝)

863.51　　　　　　　　　111010891